KB155624

인생사계

**더불어 살아가는 인생 에세이**

인생사계

| | |
|---|---|
| **초판 1쇄 인쇄일** | 2020년 5월 21일 |
| **초판 1쇄 발행일** | 2020년 5월 27일 |
| **지은이** | 제3의 카운슬러 |
| **펴낸이** | 최길주 |
| **펴낸곳** | 도서출판 BG북갤러리 |
| **등록일자** | 2003년 11월 5일(제318-2003-000130호) |
| **주소** | 서울시 영등포구 국회대로72길 6, 405호(여의도동, 아크로폴리스) |
| **전화** | 02)761-7005(代) |
| **팩스** | 02)761-7995 |
| **홈페이지** | http://www.bookgallery.co.kr |
| **E-mail** | cgjpower@hanmail.net |

ⓒ 제3의 카운슬러, 2020

ISBN 978-89-6495-168-2  03810

이 도서의 국립중앙도서관 출판시도서목록(CIP)은 e-CIP홈페이지(http://www.nl.go.kr/ecip)
와 국가자료공동목록시스템(http://www.nl.go.kr/kolisnet)에서 이용하실 수 있습니다.
(CIP제어번호 : CIP2020019682)

더불어 살아가는 인생 에세이

# 인생사계 人生四季

## 지금 당신의 '인생 계절'은 어디쯤에 와 있나요?

– 제3의 카운슬러 –

**BIG** 북갤러리

지금껏 인생을 잘 살아온 당신께 새로운 계절을 선물하고 싶습니다.

## 들어가는 말

### 과연 이대로 우리 모두 괜찮은 걸까요?

요즘 하루하루 살아가는 게 어떠세요?

즐거우셨나요? 보람 있으셨어요? 혹시 매일매일 불안감과 억눌림 속에서 살아가고 계신가요? 산으로, 바다로 아니면 그 어디로라도 떠나고 싶으신가요? 사실은 저 역시도 그렇게 하루하루를 힘겹고 치열하게 보내고 있습니다.

현실 속 먹고 사는 문제와 미래 대비라는 무거운 틀에 갇혀 '쳇바퀴 속의 다람쥐'처럼 매순간 바쁘게만 살고 있습니다. 어른이나 아이나 가리지 않고 똑같이 말이죠. 조금 느리게 살 순 없을까요? 과연 이 세상이 똑바로 굴러가고 있는 걸까요? 그게 아니라면 왜 이렇게 됐을까요? 다시 세상을 제 자리에, 숨통이 트일 수 있도록 만들 수는 없는 걸까요?

신문이나 방송 등 매스미디어를 보면, 밝고 훈훈한 내용보다는 기분 나쁘고 우울하고 불안하게 만드는 것들이 대다수라는 사실을 쉽게 알 수 있습니다. 우리는 세상을 직접 보지 않고 매체를 통해 간접적으로 보는 데 점점 더 익숙해지고 있습니다. 부정적인 타성에 젖고 작위적으로 관념화되게 만드는 미디어의 심각한 영향을 잘 모른 채 살아가고 있습니다. 가족 단위는 점차 소규모로 쪼개지고 사회 구성원들도 개별화되고 있습니다. 집에서 혼자 사는 독거노인과 부모로부터 방치된 채 혼자 노는 아이들이 점차 늘어나는 대신, 주인을 좋아하며 잘 배신하지 않는 반려동물들이 그 자리를 대신하고 있습니다. 과연 이대로 우리 모두 괜찮은 걸까요? 정말 어쩔 수 없는 현실로 받아들여야만 할까요? 왜, 이렇게 된 건지 참으로 궁금하지 않을 수 없습니다.

그래서 이제는 각박하고 답답하며 바쁘기만 한 일상생활 속에서 삶의 의지를 놓아버리지 않기 위해, 계속해서 소심하게 움츠러든 채로 있지 않기 위해, 더 이상 세상이 재미없고 희망도 없다고 마음 굳히지 않기 위해서 나 자신이라도 바꾸어보려 합니다. 내가 바뀌지 않으면 이 세상도 절대 바뀌지 않을 것입니다. 더 늦으면 안 될 것 같기에 한 사람 한 사람이 힘을 모아 다 같이 나아가야 할 때입니다.

어차피 인생은 혼자 살아갈 수 없습니다. 사회를 모두 완벽하게 바꾸지는 못하더라도 서로 소통하고 보듬고 격려하고 도와주는 따뜻한 세상이 되었으면 좋겠습니다. 첫 걸음이라 아직 서툴고 어색할 수 있지만, 지금부터라도 한 걸음씩 나서 살맛나게 만들어 보는 게 어떨까요?

참, 지금 당신의 계절은 어디쯤에 와 있나요?

① 나는 확실하고, 좋고 싫음이 분명한 편이다.   YES ➡ ② 40대 이하다.   YES ➡

⬇ NO          ⬇ NO

⑤ 머리보다 몸 쓰는 것을 좋아한다.   YES ➡ ⑥ 바다보다 산과 계곡이 더 좋다.   YES ➡

⬇ NO          ⬇ NO

⑨ 호기심이 많고 학습의욕이 왕성한 편이다.   YES ➡ ⑩ 경쟁적이며 법과 규칙을 중시한다.   YES ➡

⬇ NO          ⬇ NO

⑬ 동성보다 이성과 노는 것이 더 즐겁다.   YES ➡ ⑭ 고독함과 무력함을 느껴도 잘 극복하는 편이다.   YES ➡

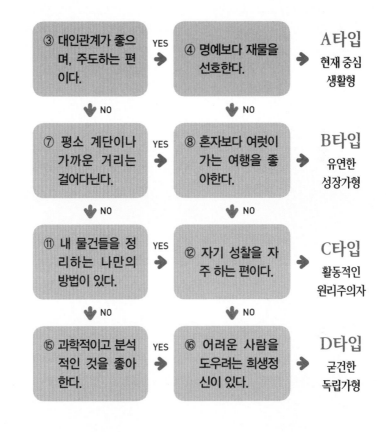

③ 대인관계가 좋으며, 주도하는 편이다. — YES → ④ 명예보다 재물을 선호한다. — → **A타입** 현재 중심 생활형

↓ NO

⑦ 평소 계단이나 가까운 거리는 걸어다닌다. — YES → ⑧ 혼자보다 여럿이 가는 여행을 좋아한다. — → **B타입** 유연한 성장가형

↓ NO

⑪ 내 물건들을 정리하는 나만의 방법이 있다. — YES → ⑫ 자기 성찰을 자주 하는 편이다. — → **C타입** 활동적인 원리주의자

↓ NO

⑮ 과학적이고 분석적인 것을 좋아한다. — YES → ⑯ 어려운 사람을 도우려는 희생정신이 있다. — → **D타입** 굳건한 독립가형

A · B · C · D타입은 본인의 성향에 따라 겨울 · 봄 · 여름 · 가을부터 읽으면 좋고, 네 가지 유형이 모두 아닌 사람은 처음부터 읽기를 권장합니다.

차례 Contents

[ 가을 ]

# [겨울]

차가운 겨울이 지나고 봄기운이 조금씩 올라오는 걸 느낀다.

길고 긴 터널을 지나고 있다.

칠흑 같은 어두움 속에 빛이 서서히 스며들고 있다.

이번 겨울은 유난히 춥고도 혹독했다.

그래서 다시는 이렇게 무방비 상태로 겨울을 맞지 않기로 했다.

자연의 흐름과 달리

인생의 시계는 언제 겨울이 올지 잘 모른다.

아무리 그렇다 할지라도 봄이 오는 것을 아는 나에게

다시 돌아올 겨울은 그리 두렵지 않다.

이제부터 하나 둘 준비하고 실천할 것이기에,

삶의 깊은 고비에서 겨울의 의미와 삶의 희망을 보았기에.

# 겨울이란 나에게

시련인 줄만 알았다.

고통이고 아픔인 줄만 알았다.

성인께서도 인생은 고(苦)라 하였으니, 어쩌면 겨울이 사람의 인생과 가장 비슷한 계절인지도 모르겠다.

그러나 지나고 보니, 고통과 시련은 나를 단련시켜 주었더라.

힘든 과정을 거치고 보니 편안한 쉼의 시간이 오고 죽기 전에 무언가 해봐야겠다는 울림도 오더라.

그래서 겨울이란 계절이 필요한가 보다.

무조건 나쁘게만 보지 말자.

인생에서 혹독한 겨울이 왔다고 느낀다면 이제 조금만 있으면 편안한 휴식의 시간이 오겠구나 생각하자.

곧바로 밝은 광명은 아니더라도 말이다.

# 항룡유회(亢龍有悔)

하늘에 오른 용은 회한(悔恨)이 있다.

산꼭대기에 오르면 반드시 내려와야 하며, 평지 길에도 항상 오르막내리막이 있다. 인생의 황금기에 있는 사람은 반드시 바닥으로 내려올 때가 있다. 꼭 정상이 아니더라도 높이 올라갔다면 내려와야 한다. 그것이 현상계의 법칙이다.

노년이 되어 심한 파고를 겪게 된다면, 그래도 젊어서 멋지게 살았노라고, 파란만장한 인생이었다고 스스로 위로하고 만족할 수 있을 것이다. 그러나 너무 젊은 나이에 큰 성공을 거두게 되면, 그것은 복이 아니라 화가 될 가능성이 크다. 추락하는 경험을 너무 어린 나이에 속절없이 겪어야 하기 때문이다. 그 과정은 찬란한 성공만큼이나 아주 혹독하고 매몰차다.

그래서 부모가, 어른이, 기성세대가 젊은이들에게 '항룡유회(亢龍有悔)'의 순리를 가르쳐 주었으면 한다.

성공을 위해 치닫는 반쪽짜리 방법만 가르치지 말았으면 좋겠다. 자라나는 새싹들이 가혹한 시련을 겪더라도 잘 참고 견뎌낼 수 있도록 말이다.

# 너무 잘 나갈 때 어떻게 해야 할까?

내가 열심히 노력해서 성공하고 잘 살고 있는데, 무조건 언제 슬럼프에 빠지거나 바닥으로 내려올지 모른다는 불안감과 두려움에 사로잡혀 조심조심 살란 말인가? 계속 잘 나갈지 아니면 내려올지, 내려온다면 그게 언제일지 어떻게 알지? 모든 인생에 저마다의 리듬과 좋고 나쁜 시기가 있다는 건 알겠지만, 이런 의문들이 생겼다.

아마도 잘 사는 사람은 잠깐의 위기가 오더라도 다시 살아나 더 잘 살기도 하고, 어떤 이는 큰 성공 뒤에 서서히 연착륙하며 인생을 편안히 마무리하기도 한다. 물론 소수의 엄청난 부자들이나 명성가들은 타고난 복과 운으로 잘 살아가는 것으로 보이지만, 그들은 그들이 소유한 자산과 재능을 세상을 위해 환원한 경우가 많다. 아무리 타고난 것이 좋다 하더라도 그로 인해 얻은 것을 잘 쓰지 못하면 말로가 좋지 않을 수 있다.

그래서 난 정해진 운명이 있다 해도 개운(開運)도 가능하다고 생각한다. 사람들을 위한 선행과 적선이 본인이나 후손들의 팔자를 좋게 바꾸어 놓는다는 옛말처럼 말이다. 대개 그런 사람들은 자신의 사회적인 위치가 높다 하더라도 교만하지 않고 겸손하다는 공통점도 갖고 있다. 물론 이런 것들을 안다고 해도 다 실천할 수 있는 것도 아니고, 전체적인 큰 흐름을 바꿀 수 있는 것도 아닐 것이다. 그러나 인생의 절정기를 달리고 있을 때, 혹시 모를 질곡과 슬럼프에 대비한 보험 정도로 생각하면 괜찮지 않을까 한다.

# 부상과 슬럼프

　연예인이건 스포츠 스타건 평범한 사람이건 간에 인생을 살다 보면 어느 누구에게나 부상이나 질병, 정신적인 슬럼프가 온다. 특히 높은 지위나 명성을 가진 사람에게는 한 번의 슬럼프가 유독 치명적이고 오래 헤어나지 못하는 경우도 있다.

　슬럼프가 극심할 때에는 원인을 찾아 그 분야의 전문가에게 빨리 도움을 요청해야 한다. 그게 안 된다면 치열한 현실의 상황에서 잠깐 벗어나는 것이 좋다. 때로는 엉뚱한 시도를 해보는 것도 뜻하지 않는 효과를 발휘할 때도 있다.

　그러나 여기서 분명히 알아야 할 것은 슬럼프가 오는 것은 반드시 이유가 있거나 그럴 때가 되었기 때문이라는 것이다. 사람들은 대개 나는 아무 잘못한 것이 없는데 결과가 이상하게 됐다고 하는 경우가 많다. 그렇게 생각을 하다 보면 원인 파악이 되지 않기 때문에 슬럼프에서 벗어나기가 점점 어려워진다. 나의 경험상 그러했고, 내 주위나 간접적으로 보아온 사람들이 대부분 비슷했다.

# 나의 에너지가 급격히 떨어지는 이유

뭔가를 꼭 해야겠다고 생각하다가, 그 일이 잘 풀리지 않게 되면 갑작스레 기운이 빠지고 그때부터 서서히 체념하며 되는 대로 살아가는 경향이 있다. 특히 다소 커다란 다짐이나 결의를 품었다가 그것이 잘 안 풀리게 되면, 세상을 조금씩 비관적으로 보기 시작하고 언제 그랬냐는 듯이 내 안의 동굴 속으로 들어가곤 했다.

대개 사람들도 희망이나 바람, 열정이 크다가 그것이 이루어지지 않으면, 더 크게 좌초되는 경향이 있다. 너무 절실하고 절박하다고 생각하는 순간 신과 세상에 간절히 도움을 요청했는데, 바람대로 이루어지지 않으면 더 이상 그것을 믿지 않게 된다. 아마도 그렇게 된 데에는 뭔가 이유와 배경이 있었을 것인데, 그것을 모르기 때문에 그간의 의지와 노력들을 가슴속에 묻고 살아가게 된다.

그래서 난 앞으로는 어떤 창대한 계획을 새로이 세우더라도 너무 집착하지 않으려고 노력할 것이다. 되는 대로 해보다가 안 되면 그뿐이고, 그래도 내가 의미있다 생각하는 일을 하는 동안 즐겁고 행복한 것에 만족하기로 했다. 그렇게 평상심을 유지한 채 살아간다면 단번에 침체되는 것은 막을 수 있지 않을까 한다.

# 내가 원하는 순간이 아닐지라도

　가끔은 내가 원하는 삶의 방향이나 이상과 거리가 멀게 살아가고 있다고 느낄 때가 있다. 내 의도나 의지와 상관없이 환경이 그렇게 조성되는 것이다.

　그러나 그렇게 되는 데에는 분명 커다란 이유가 있을 것이며, 그것을 조금이라도 이해한다면 힘들더라도 역경과 고난의 시간을 참을 수 있을 것이다. 그저 배우고 순응하는 자세로 때를 기다리다 보면, 힘든 시절을 지내온 이유를 차차 알게 될 것이다. 또 그러다 보면 자기가 가고자 하는 방향이 서서히 보이기도 한다. 지금 나의 모습이 원하는 그 모습이 아니어도 내가 그 방향으로 가고 있다는 것만 알고 있으면 된다.

# 첫사랑의 아픔

누구에게나 첫사랑이 있을 것이다.

어떤 이는 첫사랑과 결혼하여 마지막 사랑이 되었을 수도 있지만, 대부분에게는 첫사랑이 아픔과 진통의 경험이었을 거라 생각한다.

나도 그랬다. 첫사랑은 스쳐지나간 인연이었지만 사랑이라는 감정과 연애라는 과정을 나에게 알게 해주었다.

지나고 보니 어쩌면 그것은 환상이었는지도 모르겠다.

처음 겪는 미숙한 경험 속에서도 좋은 추억만을 남겨놓는 괴물.

내가 왜 헤어졌는지, 무엇이 부족했는지 곰곰이 생각해봤다.

그리고 그것을 보완하고 나의 껍질을 깨기 위해 부단히 노력했다.

그것이 드라마에 나오는 것처럼 대단한 복수를 위한 마음은 아닐지라도, 훗날 그에게 성장한 내 모습을 당당히 보여주고 싶었다.

그래서 이제는 더 이상 첫사랑을 아픔이라 말하지 않을 것이다.

지나가는, 꼭 겪어야만 했던 성숙의 시간이라 부르고 싶다.

지나간 자리에 남은 빈자리와 상처가 첫사랑의 질곡이 되었지만, 그 미숙함의 경험은 삶의 원동력이 되고 나를 여물게 했다.

# 우울한 시간들

큰 실패나 아픔을 겪고 나면 한동안 우울한 시간들이 지속된다.

처음에는 마구 뭔가를 분출하고 싶기도 했지만, 이내 무언가 하고 싶은 의욕들은 사라지고 되는 대로 쉬고 자고만 싶었다. 집 밖이라는 공간에 나서고 싶지도 않았다. 그냥 집이라는 단단한 보호처 안에서 가장 힘들지 않고 할 수 있는 최소한의 것들만 했다. 그러다 피곤하면 쉬고 또 자고 그렇게 지냈다.

그러나 사람이 그렇게 죽으라는 법은 없나 보다. 시간이 흘러갔고, 충분히 쉬었고, 마치 집 밖의 누군가가 다가오는 것 같았다. 길고 긴 어둠의 시간이었지만, 조금씩 마음의 변화가 생기기 시작했다.

우울이라는 늪에 나를 계속해서 가두어두고 싶지 않았다. 그냥 오롯이 나를 비우고 재충전하는 시간이 왔던 것이었다. 인생을 살아가면서 어쩔 수 없이 겪어야 했던 과정, 그렇지만 조금 슬프고 기운이 없었던 시간들이라 생각하고 싶다.

그래서 '이 또한 지나가리라.'는 말이 나왔을까?

# 내 안의 꿈틀거림

충분히 쉬었다고 생각해서일까?

이제 무언가 해보고 싶다는 생각이 든다.

작은 것이라도 바꾸어 새로운 도전을 해보고 싶다.

어차피 내 생이 정지되기 전까지는 무어라도 해야 하지 않겠는가?

죽는 것도 쉽지 않은데, 서서히 기운을 찾아야겠다고 생각했다.

그럼 무엇을 할까?

내가 해보고 싶었던 게 무엇이었더라?

무엇을 하는 게 나에게 또는 내 주변에 도움이 될까?

무언가 꿈틀거리긴 하는데, 그게 무언지 잘 모르겠다.

에라, 모르겠다.

일단 현실을 살면서 그 속에서 아주 작은 것이라도 바꾸어보자.

아직은 막막하고 암울한 현실이 금방 크게 바뀔 것 같진 않지만, 몸부림이라도 쳐보자.

# 하루라는 시간

어떨 땐 온종일 무엇을 했는지 모르게 정신없이 시간이 흘러간다.

또 어떨 때는 아무것도 할 것이 없어 빈둥빈둥 시간을 보낸다.

난 심심하거나 마음이 적적할 때 옛날 유행했던 대중가요를 즐겨든는다. 청소나 설거지 등 조금 귀찮은 일을 할 때도 노래를 켜놓는다. 노래나 음악을 듣다 보면 마음이 편안해지기도 하고 어떤 영감을 받을 때도 있다. 삶에 위안이나 용기를 받기도 한다.

김범수의 '하루'라는 노래를 듣고 있다.

전에는 이 노래가 그냥 애절한 노래라는 느낌만 받았는데, 지금은 가사를 들으며 나에게 하루라는 시간이 어떤 의미가 있는지 한번 생각해 보고 있다.

좋아하는 노래들을 듣다 보면 어쨌든 시간이 잘 간다.

# 빈둥빈둥하면서

주말에 하루 종일 집안에서 빈둥빈둥하면서 많이 졸고 자고 TV도 보다가 딸이랑 놀기도 하고 짬날 때 가벼운 운동이나 사색도 하면서 아주 여유있게 보냈다. 그러다가 문득 생각이 들었다.

'내가 왜 태어났을까?', '전생이 있다면, 어떤 사람이었을까?', '앞으로 어떻게 사는 게 가장 행복할까?'

순간 여러 궁금증이 들었지만, 금방 현실로 돌아왔다. 빈둥빈둥하다보니 쓸데없는 생각들을 하게 됐지만, 다시 생각해 봐도 정말 궁금하긴 하다. 뭔가 깨우치고 싶지만, 방법을 모르겠다.

# 방 닦기와 빨래 널기

집에서 내 임무는 주로 방 닦기와 빨래 널기, 쓰레기 버리기와 아이와 놀아주기 등이다. 다른 어려운 것들에 비해 그나마 잘 하는 쉬운 미션들이다. 하지만 쉬운 것이라 하더라도 한주 내내 고생하다 '번아웃'됐을 땐, 아무것도 하기가 싫다. 푹 쉬고 싶은 주말에 몸을 움직여 임무를 수행한다는 것이 여간 귀찮은 것이 아니다.

그렇지만 안 하면 마누라한테 구박당하고 어차피 하게 돼 있다. 차라리 내 운동이자 마음 수련이라 생각하고 열심히 해야겠다고 마음먹었다. 물론 아무리 그렇다 해도 처음에 시작하기 싫을 때가 훨씬 더 많다.

# 만약 계절의 시작이 있다면

겨울이 가장 먼저이지 않았을까 생각한다.

가장 춥고 표면적인 움직임이 적은 계절로서 충분한 웅크림과 에너지 저장을 통해, 나머지 왕성한 계절들을 차례로 겪고 생활하도록 힘을 모으는 시기다.

겨울에 내부에 축적된 기운이 외부의 따뜻한 기운과 만나면 온 세상 만물이 서서히 해동되고 생동감이 돌기 시작한다.

계절과 우주의 무한한 순환을 생각한다면 굳이 어느 것을 시작이라 강조할 필요는 없을 것이다.

다만 시작이 있다면 그것은 고요와 응축의 시기, 바로 겨울이지 않을까 한다.

# 잠

　유난히 잠이 많이 올 때가 있다.

　그것은 우리 몸이 충분한 정비 시간이 필요하거나 우리의 마음이 회복할 시간이 필요하거나 아니면 지친 영혼이 좀 더 휴식하고 싶다는 사인을 보내는 것이다.


　요즘에는 생각보다 충분한 수면을 취하지 못하는 사람들이 많다.

　몸이 피곤한데도 이런저런 생각이 많아서인지 숙면하지 못한다.

　걱정과 스트레스가 과도해서 신체적 요구보다도 영향이 큰가 보다.


　모든 것에는 이유가 있는 것이다. 그것을 정확히 모를 때 우리는 추상적인 원인이나 표면적인 현상으로 진단한다.

　우울증이나 수면 장애.

　수면관련 호르몬을 유도하는 약을 먹는다면 일시적으로는 도움이 될지 모르지만, 장기적으로 보면 좋은 방법은 아닌 듯싶다.

　병을 스스로 진단하고 치료하지 못하면, 계속해서 외부의 도움과 치료에 매달려야 한다. 그러다가 그것이 더 이상 효과가 없어지거나 심각한 부작용이나 후유증이 생기면 답이 없는 것이다.

# 태초의 분별

왜 이 우주와 세상, 인간이 태어났을까?

그리고 어디에서 생겨난 것일까?

태초에는 사람과 물건, 공간과 시간의 구분이 있었을까?

요즘 세상을 보면, 너와 나, 우리와 너희, 잘난 놈 못난 놈을 너무 구분하는 것 같다.

나도 물론 여태까지 그렇게 살아왔지만, 앞으로는 너무 그렇게 분별하며 살고 싶지 않다.

내 직관에는, 태초에는 아무것도 없다가 무엇이 싫었는지, 아니면 심심했는지 어느 순간 구분이 생겨난 것 같다.

그것이 분별심인지 태극인지, 음양인지 정확히는 모르겠다.

인간도 처음에는 다 한 민족, 한 뿌리였지 않았을까?

인류의 시원이 아담과 이브인지, 곰과 호랑이인지는 중요치 않다.

그들은 광물이나 여타 생물체와는 다른 존재로 태어났고, 서로 다른 특성을 가진 짝으로 태어난 것이다.

# 담배를 피우면 좋은 점

대학생 때부터 담배를 피운 이래 어느덧 20여 년이 지났다.
몇 차례 금연도 해보았지만, 딱 잘라 끊는 것이 쉽지 않다.
담배라는 물건이 언제부터 존재했을까?
백해무익(百害無益)이라 하지만, 난 이런 점들은 좋다.

첫째, 생활의 마디를 만들고 일과 중의 쉼표를 찍어준다.
둘째, 인생의 공허함과 답답함을 조금 덜어준다.
셋째, 비상한 아이디어나 순간적인 영감을 얻을 때가 있다.

그러나 니코틴 중독과 함께 이런 것들 때문에 자꾸 담배에 의존
하게 돼서 냄새도 나고 건강을 해치는 것은 분명한 사실이다.

# 진정한 휴식과 멍 때리기

뭔가에 갇혀 답답하다는 느낌을 받을 때에는 스스로 정체되어 있음을 알고 벽을 깨고 탈출할 돌파구를 마련해야 한다. 내 경험 상으로는 새로운 인연을 만나거나 취미생활에 전념하거나 오랜 시간 산책을 하며 사색하는 것도 좋다. 그도 저도 다 귀찮을 때에는 자연에 묻혀 그냥 멍하니 지내보는 것도 괜찮다.

사람은 잘 쉬어야 자기가 하고 싶은 일들을 잘 해낼 수 있다. 쉴 때 충분히 쉬어주어야 임무가 주어졌을 때 능률이 오르는 것이다. 워렌 버핏이나 잭 웰치 등 성공한 CEO들도 하루 중 얼마의 시간을 일부러 멍 때리는 데 할애한다고 하며, '세계 멍 때리기 대회'가 있을 정도이니 생각보다 의미없어 보이지는 않는다. 그럼 어떻게 쉬는 것이 잘 쉬는 것일까?

아무 일도 하지 않고 아무 말도 하지 않고 아무 생각도 하지 않는다. 그냥 멍 때리면 되는 것이지만, 생각보다 쉽지 않다. 거꾸로 이것이 잘 안 될 때에는 자기가 정말 좋아하는 것에 몰입하거나 자기에게 너무 고민되는 일 한 가지만 생각할 수도 있다. 그러다 보면 그에 대한 답이나 신선한 생각이 떠오르거나 더 이상 답이 없다고 생각해 마음이 비워지기도 한다. 나는 그런 식으로 휴식을 취한다.

# 퀀텀 점프

퀀텀 점프(Quantum Jump)는 원래 물리학 용어로, 어떤 일이 연속적으로 조금씩 발전하는 것이 아니라 다음 단계로 훌쩍 뛰어넘는 현상을 말한다.

어떤 종의 대나무는 심은 후 5년간은 거의 성장하지 않다가, 이후부터 단 몇 주 만에 20~30m 이상 성장한다고 한다. 다만 줄기와 잎이 자라지 않는 시간에 뿌리는 계속 뻗어나가고 있었다고 한다.

겨울이라는 시간이 인간에게도 이런 의미가 있지 않을까 한다. 어찌 보면 고난과 시련의 계절로 생각되지만, 여기에 그치지 않고 새로운 계획을 세우는 숙성의 시간과 에너지를 응축하는 재활의 과정으로 삼으면 될 것이다. 뿌리가 속으로 커나가 토대를 튼튼히 하듯이 말이다.

겉으로 드러나지 않는 추운 시기를 그냥 버리지 않고, 인고의 과정으로 생각하고 안에서 새롭게 준비하는 사람. 이들에게는 퀀텀 점프를 이룰 수 있는 대나무의 씨앗이, 기회의 밭들이 기다리고 있을 것이다.

# 가족과 함께 한 평일 휴가

오늘 '자녀 돌봄' 휴가를 내서 가족과 함께 가까운 눈썰매장에 갔다. 거기에서 아이와 함께 눈썰매도 타고 빙어도 잡고 집라인도 타며 모처럼 즐거운 시간을 보냈다.

가족과 함께 하는 즐거움을 다시 한 번 느꼈고, 그러기 위해서는 평소 더 열심히 일하고 개인적으로 필요한 일들은 평소 시간 날 때 더 많이 해 놓아야겠다는 생각이 들었다.

또 이런 모든 활동에 근본이 되는 체력을 위해서 운동과 수련 등을 게을리 해선 안 되겠다는 다짐도 했다.

오랜만의 휴식과 가족 나들이가 나에게 충분한 재충전의 시간이 되었다. 행복했고 감사했다.

## 환경가능론과 환경결정론

언젠가 사람이 의지로 무언가를 다 선택하며 살아간다는 생각을 해 본 적도 있었지만, 지금 생각은 그렇지 않다.

어차피 사람이란 존재 자체가 어떤 환경 하에서 살아가게끔 되어 있는 존재이고, 그 환경을 아주 작은 단위에서부터 점차 큰 단위로 확장하다 보면 결국 내가 선택할 수 있는 차원의 문제가 아닌 것 같다.

다만 내가 속한 환경과 틀 안에서 어떤 방식으로 살아갈지, 어떠한 정신으로 살아갈지를 결정할 뿐이다. 물론 불굴의 의지로 주어진 환경과 역경들을 차례로 헤쳐 나가는 사람들도 있지만, 그들도 환경을 개척하는 것이지 환경을 완전히 선택할 수 있는 것은 아닌 것 같다.

# 중독에는 희생이 따른다

세상에는 많은 종류의 중독이 있다. 술, 담배, 도박, 마약, 섹스, 약물 등 사후 큰 부작용과 혹독한 대가를 치르는 중독이 있다. 또 일이나 스포츠, 여행, 낚시, SNS, 게임 등 일상과 취미 활동에 빠져 홀릭이 되는 경우도 있다. 그러나 중독(中毒)이란 말은 생체가 어떤 해로운 것에 노출되어 정상적으로 생활할 수 없는 상태를 뜻한다. 즉, 몸과 마음에 좋지 않은 것을 뻔히 알면서도 일시적인 쾌락이나 부분적인 효과에 도취돼 탐닉하여 갈수록 절제나 통제가 되지 않는 상태에 빠지는 것이다.

나쁜 것에 중독되면 세 가지 폐해가 발생한다. 첫째, 잘못된 습관이 좋지 않은 결과를 초래한다. 어떤 것은 곧바로 법적 처벌이나 신체적 부작용이 동반되며, 어떤 것은 중장기적으로 심신을 피폐하게 만든다. 둘째, 본인은 물론 주변의 가족과 친한 사람들과의 관계도 훼손시킨다. 정상적인 행동범주에서 벗어난 행동이 가정이나 직장에서의 이탈을 가속화한다. 셋째, 자신과 주변에게 좋지 않은 것을 분명히 알면서도 통제하지 못함으로써, 자기 자신을 질책하고 결국은 포기하게 만들 수 있다. 스스로 결정하고 행동하고 책임지는 것을 포기하게 만들어 인생을 완전히 놓아버리는 파탄에까지 이를 수도 있다.

짜릿한 쾌감은 생각보다 오래 지속되지 않는다. 인간은 영생을 찾고 근원적인 즐거움을 찾는 존재이기에 순간의 희열에 중독되는 것은 일생을 살아가는 데 있어 긍정적인 영향보다 부정적인 영향이 더 많다. 신체적인 부작용은 물론 심리적인 의존증과 강박, 우울, 불안 등 심리적인 악영향까지 초래한다. 그러나 상황을 안다고 해서 바로 손쉽게 고칠 수 있는 것은 아니다. 잘못된 습관에 한 번 빠지면 헤어나기가 쉽지 않다.

잘 생각해 보면 내가 언제부터 중독되었는지, 그것을 추구하면서 좋은 것은 무엇이고 잃는 것은 무엇인지 알 수 있다. 모든 행위에는 대가와 희생이 따르는 법이다. 만약 당신이 오늘 죽고 나서 3일 후에 새로운 사람으로 태어난다면, 과연 오늘과 똑같은 방식으로 살아갈지 깊이 사유해 보자. 단, 며칠이라도 중독된 생활에서 벗어날 수 있다면 언제든 가능성은 있는 것이다. 그러나 단 한 순간도 헤어날 수 없다면, 그때는 모든 책임과 결과를 편안히 다 받아들이거나 아예 산으로 들어가는 게 나을 것이다.

# 어느 날 문득 나에게 다가온 '국선도'

2010년 가을부터 시작한 국선도. 대전으로 내려간 지 얼마 안 되어 우연히 《청산선사》라는 책을 접하고 어딘지 모르게 숙명적으로 이끌려 수련을 시작하게 되었다.

처음에는 단전호흡이 뭔지, 명상이 뭔지도 모르고 수련 시간을 보냈다. 선배들의 수련 체험기를 들어보니 안 좋던 몸의 어딘가가 좋아졌다는 사람도 있었고, 몸의 열기를 느끼거나 진동이 생기는 등 신기한 변화를 느낀 사람들도 있었다. 원래 활동적이었던 나는 그런 몸의 뚜렷한 변화는 잘 못 느꼈지만 그냥 차분히 운동하고 명상하는 것 자체가 좋았고, 안 하면 뭔가 허전한 기분이 드는 그런 정도였다. 그러다 문득 '나는 왜 큰 변화가 없지?'라는 의문이 들었는데, 몇 년을 수련하고 나서 탁 드는 생각이 '매일 술과 담배에 직장생활 스트레스까지 받았지만, 회사 때려치우지 않고 몸 망가지지 않은 채 살아있는 것 자체가 대단하다.'는 것이었다.

어릴 때부터 친구들과 동네에 있는 절을 다니다가 한번은 속리산 수련회에 가서 수계를 받았는데, 그때 받은 법명이 심우(心牛)였다. '인생을 살아가는 데 있어 내 마음의 소를 잘 다스려야 한다.'는 의미로 받아들였다. 갑자기 법명을 얘기하는 이유는 국선도가 평소 마음이 급하고 화가 많은 나에게 마음을 추스르고 정신을 가다듬는 방법을 제시해 주었기 때문이다. 아직까지도 내 안의 심우를 내 마음과 의지대로 이끄는 것은 어려운 일이지만, 우울감과 불안감, 감정의 찌꺼기를 정화하는 데 큰 도움이 되고 있다.

# 인간의 나약함과 나침반

인간은 생각보다 약하다. 한 시간 동안 가부좌나 무릎을 꿇고 앉아있는 것도, 쓸데없는 생각을 하지 않고 완전히 마음을 비우는 것도, 뭔가 결심하고 그대로 실천하는 것도 생각보다 너무 힘들다.

그러나 인간은 강인할 때도 있다. 자기만의 목표를 위해서 장애를 극복하며 이를 꽉 깨물고 돌진할 때, 내 가족과 가정을 위해서 자신을 희생하며 무언가를 지속할 때, 종교적 깨달음을 위해 인간의 욕구와 욕심들을 하나하나 내려놓을 때 등등.

평소라면 전혀 감당하지 못할 일이나 상황을 신기하게도 잘 참아가며 극복하기도 한다. 어떤 커다란 삶의 목표가 있다는 것은 운전자에게 이정표가 있는 것이고, 여행자에게 지도와 나침반이 있는 것과 같다. 요즘으로 치면 자동차에 내비게이션이 장착돼 있는 것이다. 본인이 가야 할 방향을 놓치지 않는다면, 순간순간의 어려움과 장애물을 헤치며 제대로 나아갈 수 있다.

## 작은 변화의 중요성

　세상사 모든 것이 내 생각대로 돌아간다고 생각하고 싶지만 이 사회와 우주가 돌아가는 원리는 그렇게 간단하지가 않은 것 같다.
　한 번에 내가 바라는 큰 성취를 이룬다면 좋겠지만, 그렇게 되면 자기도취나 기만에 빠져 나태해지기 십상이다.

　물론 어떤 작은 행동에도 늘 목적이 있겠지만 모든 행위에 대해 매번 장밋빛 결과를 얻을 수 있는 것은 아니다.
　인간은 세상만사를 다스리는 신이나 창조주가 아니거니와, 각자가 원하는 바가 서로 달라 조율도 필요할 것이다.

　그럼 어떻게 살아가는 것이 현명한 길일까?
　그냥 내 안의 작은 것들을 실천하고 변화시키며 거기에 만족하자.
　그러면 세상도 서서히 조금씩 나에게 다가올 것이다.
우공이산(愚公移山)처럼, 티끌모아 태산처럼 그렇게 말이다.
　쉽지 않겠지만, 나는 인생을 그렇게 살아갈 것이다.

# 담배 피는 사람들의 침울한 분위기

담배를 오랫동안 피어 왔지만, 언제부턴가 흡연자들이 담배꽁초를 아무데나 무심하게 버리는 게 싫어졌다. 나도 예전에 그랬던 적이 있고, 지금도 가끔은 담배를 피다가 땅바닥에 침을 뱉을 때도 있다. 또 간접흡연으로 주변 사람들에게 불쾌감과 건강상 피해를 주기도 한다. 그러나 최소한으로 피해를 주려고 노력하는 것과 알면서도 자기 편의를 위해 무분별하게 행동하는 것은 다르다고 생각한다. 침은 땅에 흡수되거나 담배연기는 금방 딴 데로 날아가지만, 피고 난 담배꽁초는 자연적으로 분해가 되지 않는다. 재떨이나 쓰레기통이 있는데도 길거리나 배수구, 바닥 틈새 같이 눈에 띄지 않는 곳에 무심코 던져버리거나, 화분이나 산 속이나 바다 해변 등 전혀 어울리지 않는 곳에 마구 버리기 일쑤다.

비흡연자의 침해받지 않을 권리가 우선되어야 하겠지만, 흡연자의 입장에서 불가피하게 담배 피는 사람들의 마음도 이해한다. 그러나 그렇다 하더라도 최소한의 에티켓은 지킬 수 있지 않을까?

잠깐 참았다가 길거리나 공원, 지하철 등에 많이 있는 휴지통에 쏙 넣으면 될 것을 자기 손이나 옷 등에 냄새가 배는 게 싫어서인지 참지 못하고 휙 하고 버리고 만다. 무심결에 하는 마지막 뒤처리가 담배 피는 장소는 물론 자기 마음까지 시궁창처럼 더럽게 만들지 않는가 하는 흡연자로서의 짧은 반성이었다.

산에서 담배꽁초 하나 잘못 버려서 방화범으로 잡히지 말란 보장도 없다. 조심하자.

# 명리학의 묘미

흔히 말하는 사주팔자, 명리학의 세계는, '내가 인생을 왜 이렇게 답답하고 힘들게 살아야 하지?'라는 의문에서 입문하게 되었다. 하나둘 공부하는 와중에 인생의 흘러가는 이치와 세상사 돌아가는 풍경, 내가 조금 더 신경 써야 할 부분과 자제해야 할 부분, 나와 다른 사람의 차이에 대해 아주 조금씩 깨닫게 되었다. 분명 아주 재미있고 논리적이며 인생을 살아가는 데 도움을 주는 학문이지만 폐단도 있었다. 뭔가 이것 아니면 저것이라는 정답만 손쉽게 찾으려는 단편적인 판단 경향과 결과에만 집착하는 버릇이 생기기도 했다.

사람들이 대개 한 가지 일을 가지고 '이렇게 되겠냐, 아니면 저렇게 되겠냐?' 하며 궁금해 하지만, 사실은 그렇게 간단한 것이 아닌 것 같다. 생각보다 촘촘하고 구석구석 살펴야 하며, 모든 것이 연결돼 있어 흐름이 급격히 바뀌거나 엄청난 대운이 갑자기 한 번에 찾아오는 것이 아니었다.

어쨌든 오랜 음지의 학문인 명리학은 나에게 삶의 재미와 활력소, 위로 등 정서적인 카타르시스를 주었고, 자연의 모습과 때의 이치 등을 이해하는 데 도움을 준 훌륭한 '철학 교과서'였다. 또한 심리학 이론들과 함께 나를 이해하고 다른 사람을 상담할 수 있는 새로운 틀과 이론적인 토대를 마련해 준 고마운 계기가 되었다. 옛말에 "때를 모르면 철부지"라 했다. 자신의 명과 때를 알고 순리에 맞게 행동한다면 그가 바로 군자이다.

# 연예인들의 잇단 죽음

최근에 젊은 연예인이 스스로 목숨을 끊는 사건이 몇 차례 발생했다. 과거에도 세상 사람들의 사랑과 부러움을 한 몸에 받던 소위 가장 잘 나가는 연예인이 자살하면서 그 파장이 오래 갔던 적이 있었는데, 이번에도 역시 매우 유감스러웠다. 연예인은 그런 일이 발생하면 주변 연예인이나 그를 따르는 청소년 등에 파급효과가 크기 때문에 여간 우려스러운 것이 아니다.

나도 불과 2~3년 전에 세상사는 것이 덧없고 재미없고 부담스럽기만 한 때가 있었다. 하루하루 살아가는 것이 아니고 겨우겨우 버티어 나갈 뿐이었다. 고통의 시간과 무거운 마음은 끝나지 않을 것 같았다. 그러나 돌이켜 생각해 보면, 너무나 힘들었던 그때도 근근이 버티다 보니 상황이 나아지게 되어 있었다. 모든 것이 다 꼬여버렸고 나를 도와주거나 이해해 주는 사람이 없다는 식의 부정적인 생각도 시간이 지나면서 바뀌었다. 조금만, 아주 조금만 더 참고 버티면 된다.

사막에도 오아시스는 있다. 갑자기 어두운 곳에 들어가면 처음에는 아무것도 안 보이지만, 곧 조금씩 보이기 시작한다. 추위에 얼어 죽을 것 같지만, 어딘가 모닥불이 보일 것이다. 꽃이 피면 꽃이 지는 법이다. 그러나 다시금 꽃망울이 올라온다.

'자살자'가 아닌 '자, 살자!'로 바꿔 생각하면 된다. 조금만 마음을 고쳐먹고 주위를 찬찬히 둘러보면, 세상사 돌아가는 이치가 보일 것이다. 성숙의 시간이 나에게 잠깐 왔던 것뿐이다.

# 당연한 것들의 소중함

살아가는 게 힘들다 느낄 때 극복하는 나만의 노하우가 있다. 작은 것들에 감사하는 것이다. 밝은 태양을 보는 것, 청량한 바람을 맞는 것, 따뜻한 햇볕을 쬐는 것, 반짝반짝 별들을 보는 것, 맛있는 음식을 먹는 것, 좋은 친구와 신나게 노는 것. 우리가 당연하다고 생각하는 것들이지만, 다시 보면 세상에는 고맙고 감사하며 신기하고 신비로운 것들이 참 많다.

물론 너무 지치고 우울할 때에는 그런 것들마저 잘 보이지 않을 수 있지만, 그런 때일수록 주변의 작은 것들을 보고 감사할 수 있어야 한다. 삶과 생명이 얼마나 위대한지 느끼게 되고, 지금 살아 있음에 그저 감사할 뿐이다.

무언가에 진정으로 감사한다는 것은 사는 것 자체에 기쁨과 만족을 느끼게 하여 생활에 활력을 불어넣는다. 그리고 밝은 생각과 긍정적인 태도, 간구하는 마음 등은 차례로 연결되어 내 스스로 기운을 방출하고, 주위에 비슷한 하전 입자(荷電粒子)*를 끌어들여 서서히 형체를 띠게 한다. 결국 계속적인 의식의 방출은 유형의 결과를 만들어내는 힘이 있고, 그렇게 꿈은 이루어지게 된다.

---

*) 하전 입자(Charged Particle) : 전자와 양자 등 전하를 띠는 입자

# 끄트머리

어둠이 꽉 차면 빛이 들기 시작한다. 짙은 어둠의 터널을 걷고 있다고 생각한다면, 서서히 들어올 빛을 맞을 준비를 해야 한다.

인생에서 시련과 고통이 한꺼번에 몰려올 때가 있다. 사람들은 보통 갑자기 어두운 상황에 뚝 떨어지면, 당황하고 너무 힘들어하며 그 상황이 변치 않고 영원히 지속되리라 생각한다. 세상사 모든 것들은 변하게 되어 있고, 고통의 파고는 점차 줄어들게 되어 있다. 그런데도 자신을 둘러싼 안 좋은 것들은 변하지 않으리라 굳게 믿고 있다.

조금만 주위를 둘러보고 찬찬히 생각해본 후 다시 일상으로 돌아가면 좋을 것이다. 아주 서서히일지라도 나의 어둠의 시계 속에도 빛이 스며들고 있다. 점차 느껴진다. 나의 생각과 몸도 조금씩 바뀌어 가고 있다. '끄트머리'란 말처럼 어떤 큰일의 끝자락에서 새로운 실마리가 나온다. 낙엽이 떨어져 썩고 가지가 손을 움츠려 외적 활동을 끝나게 되면, 그것이 밑거름이 되어 새싹을 틔울 준비를 마치게 된다.

# 식민지의 과거와 역사의 반복

우리는 불과 백여 년 전에 일본으로부터 식민지 지배를 받았다. 최근 일본과 경제적 대치 상황을 겪으면서 그 나라의 야욕은 변치 않았고, 우리의 대비·대응 역량은 여전히 미흡하다는 느낌을 받았다.

역사는 반복되는 것 같지만 과거와 똑같은 상황으로 흘러가지는 않는다. 그러나 또 다른 강압과 속박의 굴레 속에 붙잡히지 말란 법도 없다.

무조건 일본을 배척하고 일본인 전체를 사무라이나 제국주의자로 매도하는 감정적인 대응보다는, 극우성향 정부, 언론, 단체 등과 보편적인 시민들을 구분하는 이성적인 판단이 필요하다고 생각한다. 그리고 우리 자신의 정체성을 공고히 하여 내부적인 결속을 하는 게 무엇보다 중요할 것이다.

겨울이 가면 반드시 봄이 온다. 그러나 아직 한겨울의 가운데인지, 해동의 기운이 오고 있는 끝자락인지 잘 판단해야 한다. 유난히 혹독했던 겨울, 이제 봄을 맞으러 가고 싶다.

인생의 겨울을 경험해 보셨나요?

# [봄]

인간은 왜 살까?

우리는 부모로부터 생명을 받고 태어났으니까 그냥 사는 것일까? 아니면 불교에서 말하는 것처럼 어떤 영혼이나 정신이 다시금 뭔가를 이루거나 업장을 소멸하기 위해 현 세상에 환생하는 것일까?

모든 만물은 어떤 이유와 원인에 따라 나고 죽는 것이 대자연의 법칙이다. 태초에 이유와 목적이 없었다면 이 세상에 생겨나지 않았을 것이다. 우리가 살고 있는 주위를 보면 모두 그들만의 고유한 목적과 역할이 있다. 그것이 긍정적이든 부정적이든 말이다.

인간도 역시 꿈을 이루기 위해서 살아가는 것이다. 비록 순간순간 삶의 무게와 어려움 앞에서 그 꿈들을 잠시잠깐 잊기도 하지만, 그래도 여전히 꿈을 이루기 위해 살아가고 있다. 어떤 초인적인 힘을 얻기 전에는 과거의 생과 현재 태어난 이유를 정확히 알기 힘들겠지만, 아마 그것을 모르더라도 내가 지금 살아가는 목적과 분명히 연결되어 있을 것이다.

작은 꽃과 나비도 살아가는 목적과 방법이 있을진대, 하물며 만물의 영장이라는 사람이 없을 리 만무하다. 다만 각박하고 분주한 현실 속에서 잊고 사는 것일 뿐. 나는 내 꿈대로 흘러가고 있다.

# 새해

새해가 밝았다. 그러나 새 기운을 받았지만 하루를 생각보다 의미있게 보내지 못했다.

새로운 시간이 오면 저절로 뭔가가 될 줄 알았는데 그렇지 않았다. 담배를 하루 동안 참았지만, 그밖에 별달리 실천한 게 없었다. 이제라도 구체적인 목표를 세우고, 그에 맞는 실천방안들을 짜보기로 했다.

난 현명한 사람이 되고 싶고, 매순간 깨어있는 사람이 되고 싶다. 그렇게 되기 위해서는 부지런히 공부해야 하고, 시간 나는 대로 몸과 마음을 닦고 연마해 나가야 한다. 매순간을 보람차게 보내야 할 것이다. 이제부터라도 하나하나 계획들을 세우고 실천해 보자.

아직 늦지 않았다. 천릿길도 한걸음부터라고 하지 않았던가?

## 봄과 아침

한 해의 새로운 계획을 세우는 봄이 좋고, 하루의 시작을 여는 새벽과 이른 아침 시간이 좋다.

생기와 역동성이 넘치는 아이들이 좋고, 아지랑이 피어나고 새싹이 움트기 시작하는 따뜻한 계절이 좋다.

봄과 아침을 차분히 잘 맞이하면 그 이후의 시간을 알차게 잘 보낼 수 있을 것 같다.

아이들의 순수함과 유연함, 생기발랄함이 부러워서 지난 시간을 되돌리고 싶다.

이제 막 녹아 흐르지만 생명력이 있는 시냇물처럼, 생동하는 만물처럼 그렇게 기지개를 활짝 켜고 싶다.

# 내가 인생을 살아가는 방법

새해가 밝았지만 최근 며칠간 일상에 안주하고 있다는 느낌을 받았다. 늘 주어지는 임무와 환경에 꾹 눌려 겨우겨우 생활하고 있는 것 같았다. 좀 더 대범하게 생활하고, 주어진 임무 속에서 나만의 과제에도 집중하고 싶다. 어디선가 보았던 이 문구처럼 살아가고 싶다.

큰 소리에 놀라지 않는 사자와 같이
그물에 걸리지 않는 바람처럼
흙탕물에 물들지 않는 연꽃 같은 존재로서 말이다.
무소의 뿔처럼 그렇게 당당히 헤쳐 나가고 싶다.

# 답답해 죽겠을 땐 뭐라도 하는 게 낫다

무엇이라도 새롭게 도전해야겠다는 생각이 들었다.

나는 평소 인간 심리와 상담에 관심이 많았는데, 지금의 현실에서 대학원에 진학하여 학위를 따는 것은 어려울 것 같았다. 돈도 많이 들어갈 뿐더러 시간도 없었다. 차선책으로 방송통신대 학사 과정 온라인 수강을 생각했지만, 이것도 생각처럼 만만치 않고 중도에 포기하면 어쩌나 하는 걱정이 앞섰다. 결국 민간 심리상담사 자격증에 도전했다. 두 달 정도를 매일 한 시간 가까이 수강하고 최종 시험을 통과하여 자격증 획득에 성공했다.

민간협회 자격증이 그리 대단한 것은 아니다. 다만 그래도 우물쭈물 고민만 하다가 아무것도 시작도 못한 것보다는 훨씬 낫다고 생각한다. 나중에 심리 상담분야 일을 하게 되면 조금이나마 보탬이 될 것이다.

인생에서 결혼은 해도 후회, 안 해도 후회라고 하는데 난 그래도 해보고 후회하는 쪽을 택할 것이다.

# 꾸준한 운동의 어려움

보통 저녁에는 야근이다 약속이다 뭐다 바쁘고, 특별한 일이 없는 날에도 가족과 함께 저녁식사를 하며 시간을 보낸다. 그래서 꾸준히 운동을 하기 위해서 아침에 조금 더 일찍 일어나 운동을 하기로 마음먹었다.

그러나 이마저도 쉽지 않았다. 전날 술 약속이 있거나 재밌게 TV를 보다가 또는 그냥 잠이 오지 않아서 늦게 잠드는 날이 많아서 아침 일찍 깨는 것이 만만치 않았다.

또 제 시간에 눈이 떠진다 하더라도 여름에는 더워서 운동하기가 싫었고, 겨울에는 추워서 따뜻한 이불 속에서 조금이라도 더 몸을 붙이고 누워있고 싶었다.

아침운동도 저녁운동 못지않게 꾸준히 실천하기가 어려웠다. 그러나 포기하지 않기로 했다. 처음에 일주일에 5일을 다짐했다가 3일밖에 못했더라도 그냥 더 해보자. '작심삼일'에 그쳤더라도 포기하지 말고 며칠 쉬었다가 다시 또 해보자. 작심삼일도 일 년 내내 쉬지 않고 실천한다면 절반인 180일은 채울 수 있지 않을까? 물론 이론적인 계산에 불과하지만 말이다.

# 내 감정을 단속하지 못하다

나는 아직 수양이 덜 됐다. 잘 자고 있는데 시끄럽게 군다며 아내에게 벌컥 화를 냈다. 생활에서 쌓인 스트레스와 분노의 감정을 스스로 원만히 해결하지 못하고 밖으로, 그것도 큰 잘못도 없는 사람에게 푼 것이다. 소위 '종로에서 뺨 맞고, 한강에 와서 화풀이'를 한 격이다. 매일매일 마음을 닦아내고 지저분한 감정들을 청소해야 한다. 수련과 수양은 하루아침에 되지 않는다.

그 때문에 어색한 관계로 며칠을 보내다 아내에게 미안하다고 사과를 했다. 계속 마음에 걸렸는데, 얘기하고 나니 속이 후련했다. 화를 낸 그날 회사에서 온종일 시달리다가 피곤한 상태에서 잠이 들어서 그걸 몰라주는 아내와 아이에게 서운함을 표현한 것이었지만, 내 사정도 모르는 사람에게 그렇게 벌컥 화를 낸 것은 분명 잘못이었다. 만일 오늘 사과를 하지 못해 영영 기회를 잃은 채 넘어갔다면, 얼마 동안이나 마음이 불편했을까? 휴, 다행이다.

# 용두사미라 할지라도

아무리 낮은 산이라도 등산을 하면 열과 땀이 난다. 활력이 돋고 좋은 기운을 받고 온다. 그러나 가기 전까지는 마음먹기가 쉽지 않다. 그러나 갔다 와서 후회해 본 적은 한 번도 없었다. 앞으로도 시간이 날 때마다 산에 가자. 한 번 갔다 오고 잊게 되면, 또 다시 마음먹자. 낮은 산에도 가고 높은 산에도 가고, 부드러운 지리산도 가고 험악한 설악산도 가보자. 아무리 작은 계획이라도 세우고 실천했다면 의미가 있는 것이다. 당초 계획했던 등산을 조금이라도 실행하자.

작은 것이 단초가 되어 큰 변화를 일으킬 수 있다. 어떤 일이 도미노 장난감처럼 나 자신에게 연쇄적으로 어떤 영향을 끼칠지, 또 나비효과처럼 다른 사람들과 세상에 어떤 영감을 주고 파급효과를 미칠지는 아무도 모른다. 내가 느끼거나 생각한 좋은 일들을 생각하고 또 행동한다면, 그 당시는 그 효과가 대단치 않게 느껴질지 모르지만 점차 자신의 인생을 바꿀 수 있는 계기가 될 수도 있을 것이다.

# 충실하고 충만하게 보낸 하루

오늘은 아주 바쁜 일과 중에도 개인적으로 관심을 갖고 있는 일들을 몇 가지 병행했다. 같은 사무실에 있는 선배의 힘들어하는 생활에 대해 내 수준의 상담을 해드렸고, 또 점심시간에 내가 좋아하는 《고구려》 책도 읽었다. 내 담당 업무는 아니었지만 옆 선배의 일을 도와 야근을 네 시간이나 했고, 집에 돌아와서는 '네이버 지식인'에서 조언을 올렸다. 일부 내공도 얻었다.

올해는 내 능력을 사장시키지 않고 적재적소에 잘 쓰고 싶다. 원래 해야 하는 본업이 있기 때문에, 매일 매순간마다 번외로 무언가를 하기가 어렵겠지만 분명히 좋은 기회들이 있을 것이다. 주어진 임무를 수행하면서 개인적인 관심사들도 찬찬히 살펴보며 최선을 다해볼 요량이다.

조금 힘든 일이 있을 수도 있고 피곤하거나 귀찮을 때도 있겠지만, 그저 나의 과제로 알고 흔쾌히 받아들이며 묵묵히 실천하고자 한다. 힘들고 지친 순간에도 취미생활이나 자기개발을 한다 생각하고 조금만 더 애쓰며 열심히 살아가고 싶다.

# 내 삶의 위인은 누구?

　자기가 하고자 하는 일이나 분야에서 좋아하는 롤모델이나 우상이 있다면 정말 좋을 것이다. 그를 동경하고 따라가다 보면 자신의 길이 보일 수 있기 때문이다. 또 어려운 현실 속에서 원동력이 되고 에너지를 보충해 주어 삶의 버팀목이 될 수도 있다.

　우리가 존경하는 위인들은 대개 아무도 가지 않은 길을 가서 성공한 경우가 많다. 남들의 반대나 무관심을 뚫고 도전하는 것이기에 위험하고 성공 확률이 적을지 모르지만, 그래서 더 의미가 있는 것이다. 만약 새로운 분야에 도전하여 길을 만들었다면, 그는 또 다른 누군가의 롤모델이 될 것이다. 그러나 스스로 한 분야를 개척하지 않더라도 이 사회에서 잘 살며 훌륭한 본보기가 될 수도 있고, 청출어람이 되어 그 분야에서 더 뛰어난 성과를 거둘 수도 있다.

　그런데 내가 가장 좋아하는 롤모델은 누구일까? 나는 만화책 《드래곤볼》의 손오공이나 《열혈강호》의 한비광, 영화 '매트릭스'의 네오가 좋긴 한데, 이들은 모두 허구 속 인물이라 나의 우상으로 삼기에는 조금 무리인 것 같다. '솔로몬의 왕'처럼 지혜롭고 현명한 재판관이 되고 싶다. 역사 속의 위인은 아니어서 앞으로 좀더 찾아야겠지만, 나는 문무를 겸비한 사람이나 여러 분야에 재주가 있는 팔방미인이 되고 싶다. 어린이들에게 자기가 닮고 싶은 롤모델을 정해보라고 꼭 추천하고 싶다.

# '주먹왕 랄프 2'를 보고 나서

오늘 9살짜리 딸과 '주먹왕 랄프 2 – 인터넷 속으로'를 보았는데 세 가지를 절실히 느꼈다.

"바로 지금 최선을 다하되, 좀 더 큰 꿈이나 비전을 위해 과감히 버리고 도전해야 할 때도 있다."

"진정한 친구는 서로의 꿈을 이해해야 하며, 설령 잠시 떨어져 있게 되더라도 서로 질투하지 않고 응원해 줄 수 있어야 한다."

"나쁜 행동은 결국 나쁜 결과를 초래한다. 순간의 목적을 이루기 위해서 선의나 자신의 큰 원칙을 깨는 행동을 하지 말자."

비록 만화영화였지만, 앞으로 살아가는 데 타산지석(他山之石)으로 삼아야겠다.

# 국선도와 빈 그릇

이번 지리산 여행은 나에게 특별한 영감을 주었다. 나에 대해 생각해 보고 국선도에 대해 생각해 보면서 그 길에서 같이 걸어가고 있는 사람들에 대해 다시 한 번 생각했다.

그러면서 국선도는 비어있는 아주 큰 그릇이란 걸 느꼈다. 여태껏 무언가를 채우는 데에만 열중하며 살아왔는데, 이제는 모두 비우고 새롭게 그릇을 만드는 것부터 다시 해야겠다고 생각했다. 원래 있던 것을 잘 비우고 나서 본 그릇을 크고 튼실하게 잘 만들 수 있다면, 그 그릇에는 다시 또 무언가를 차근차근 채울 수 있을 것이다.

아무리 좋은 내용물이 있더라도 그것을 담을 그릇이 깨끗하지 못하거나 크기가 너무 작으면, 내용물을 많이 담을 수도 없고 본질도 그릇의 상태를 따라갈 수밖에 없을 것이다.

## '스카이 캐슬'과 '맹모삼천지교'

　부모들이 맹모삼천지교(孟母三遷之敎)의 마음을 갖는 것은 당연하다.

　그러나 '스카이 캐슬'에 사는 모든 부모들이 자식을 전부 스카이 대학에 보낼 수는 없는 노릇이다.

　부모의 올바른 인도와 좋은 환경을 조성해 주려는 노력은 자식의 앞날에 등불이 될 수 있겠지만, 지나친 관심과 강압적인 오도(誤導)는 드라마에서처럼 오히려 자식의 인생을 완전히 망칠 수도 있다.

　부모로서 자식에게 전수해 주어야 하는 것은 좋은 직업, 그것에 필요한 지식과 좋은 학교 성적도 포함되겠지만, 보다 우선되어야 할 것은 자식들이 긴 인생을 살면서 세상을 바르게 바라보고 이해할 수 있는 시각과 가치관을 심어주는 일이다.

　재미있게 봤던 드라마가 인기리에 종영되었다는 아쉬움과 함께, 이 땅에 남아있는 청소년들과 학부모들에게 아주 조금의 교훈으로라도 마음속에 남아있었으면 하는 바람이 있다.

# 교육의 중요성

예부터 교육을 '백년지대계'라 하여 나라의 가장 근본적이고 중요한 것으로 삼아 왔는데, 요즘은 왜 "교육, 교육" 하면서도 정작 교육제도를 제대로 만들지 못하고 눈앞에 띄는 단편적인 문제들만 보고 고치려 하는지 잘 모르겠다. 교육은 단순지식뿐만 아니라 한 사람의 가치관·인생관까지 심어줄 수 있는 너무나 중차대한 문제이기에, 다른 무엇보다 더 길게 보고 정부는 물론 가정과 사회 모두 최우선적으로 신경을 써야 할 분야이다.

우선 초등학교부터 교육의 토대를 튼튼히 해야 하고, 학교 선생님들이 스승으로서 제 모습을 회복할 수 있도록 하는 것이 중요하다. 학부모들은 자기 자식 좋은 곳에 보내 선행학습 잘 시켜서 좋은 대학 보낼 생각만 하지 말고, 집에서 인성교육부터 시키려 노력하는 모습을 보여야 한다. 이제 일반적인 지식은 컴퓨터나 AI가 점점 대체해가고 있어 지식을 융합하고 가치적 판단을 내리는 인간의 창의력과 새로운 분야에 대한 연구가 더 중요해지는 시대로 변하고 있다. 남보다 빨리 적응하는 것도 중요하지만, 조금 시간이 걸리더라도 자기 본연의 색깔을 찾는 것이 더 중요하다.

이제 교육의 패러다임과 방향을 잘 잡아서 이 시대와 미래 세대를 이끌 인재들을 배출해야 할 것이다.

## 정답을 빨리 찾는 버릇

학생 때 수학 문제를 풀면서 답을 빨리 찾지 못하면 문제지 뒷면의 정답을 찾아 이해하고 넘어간 적이 꽤 있었다. 그것이 습관이 되면 참을성이 점점 없어지는 것은 물론 진짜 어려운 문제를 만났을 때 스스로 도전하고 풀 수 있는 능력이 떨어지게 된다.

인생도 마찬가지다. 가장 빠르고 효과적인 길만 찾다보면, 한 번 제대로 헤매게 됐을 때 목적지에 도달할 가능성이 떨어진다. 도전정신도 당연히 떨어지게 된다. 다소 돌아가더라도 지나가면서 배우고 천천히 흘러가며 자기의 것으로 소화하는 것이 진짜배기다. 직선보다 곡선이 좋고, 최단경로를 추구하는 것은 매우 위험하다. 조금 실수하거나 잠깐 방황해도 괜찮다. 그것이 실패는 아니기 때문이다. 다만 내가 어디로 가고 있는지만 알고 있다면 그것은 약이 되고 회복탄력성을 크게 만들어 나중에 큰 성공의 밑거름이 될 확률이 높다.

살아온 인생을 살펴봐도 역시 그랬다. 남보다 빨리 가는 것이 능사라고 생각했지만 웅덩이에 빠졌을 때 헤어 나올 수 있는 힘, 그것이 정말로 중요했다. 한 번의 큰 고비와 위기를 극복하고 나면 자신의 전투력이 쑤욱 올라간다. 웬만한 시련과 고통은 얼마든지 참고 이겨낼 수 있다.

# 고진감래(苦盡甘來)의 길이

좋은 대학에 입학하고, 좋은 직장을 잡기 위해서 초중고교 12년을 희생하는 것은 고진감래가 아니라고 생각한다.

지금 어려운 일이나 숙제나 운동을 하고 있지만, 그것이 끝나고 나면 뿌듯하게 보람이 있고 달콤한 휴식이 있다.

월화수목금 열심히 일했으면 달콤한 주말이 있다.

고진감래는 다른 사람이 강요하는 말이 돼서는 안 되고, 그 길이가 너무 길어서도 안 된다. 사람은 엄연히 현재를 사는 존재이기 때문이다.

현재를 느끼고 즐기지 못하면 밝은 미래도 없다. 늘 미래를 생각하며 불안과 분주함만 느낄 뿐이다.

# 가족

가족은 나에게 편안함과 따뜻함을 준다. 물론 가끔은 그들이 늘 내 곁에 있다는 것이 개인적인 욕구나 희망사항을 충족하려 할 때 제약이 될 때도 있고, 그들에게 항상 잘 해야 한다는 심리적인 부담도 있지만, 그들은 소중한 인연이고 같이 나아가야 할 인생의 동반자다. 그리고 가족에게 최선을 다하고자 하는 노력이 밖에서 의욕을 고취시켜 좋은 결과로 이어지기도 한다.

무엇보다도 가족에게 소홀해 관계가 서로 불편해진다면, 가정 밖의 일에도 전념할 수 없게 되고 다른 사람들과의 관계도 잘 가꾸어가면서 좋게 만들기 어렵다. 모든 인간관계의 시작이 가족과 가정이다. 내 인생 좌우명 중 하나인 '가화만사성(家和萬事成)', 어떨 때는 별것 아닌 것 같지만, 그 가치를 알고 나면 다른 어떤 무엇보다도 중요하다는 것을 뼈저리게 느끼게 된다.

# 아이들의 꿈은 다양하다

오늘 우리 아이의 학교 공개수업을 처음 가 봤는데, '자신의 꿈 발표하기 시간'이었다. 33명의 아이들이 제각기 좋아하는 직업이나 자신의 재능을 다른 사람 앞에서 씩씩하게 발표했다. 발표하는 것을 보면서, 아이들의 꿈이 생각보다 다양했고 지금 어른들이 좋아하는 일련의 직업군들과 차이가 있어 조금 놀랐다.

우리 아이는 꿈과 미래의 희망직업이 자주 바뀌기도 하고, 그것이 나중에 현실상 이루기 힘든 직업일 수도 있기 때문에 이것이 정답이라고 말해주지 못했다. 그래도 꿈을 얘기하는 그 순간 아이가 자기의 순수한 꿈을 아는 것이 기뻤고, 그 자체의 모습으로 아름다워 보였다.

아이뿐만 아니라 우리 모두에게 봄은 비록 일장춘몽(一場春夢)에 불과하더라도 꿈과 미래 계획을 세우는 것만으로도 인생에서 의미있지 않을까 생각한다. 오늘은 우리 아이들의 생각과 꿈을 알 수 있는 아주 흐뭇한 시간이었다.

# 농구 좋아하세요?

'슬램덩크'와 '마지막 승부'가 유행하던 농구 전성기 시절에 나도 농구와 함께 학창시절을 보냈다. 정말 성장기 대부분을 농구공과 같이 보냈고, 이후로도 농구는 스트레스를 풀고 기분 전환하는 최고의 친구 역할을 해왔다. 40여 년 인생에서 가장 오랫동안 한 게 무엇인지 생각해 봐도, 30여 년을 함께 한 농구였다. 물론 그렇다고 농구 실력이 아주 뛰어난 정도는 아니었지만, 그래도 팀플레이에 맞출 정도는 충분히 된다고 생각한다.

"인생에서 가장 좋아하는 일을 직업으로 삼지 말라."는 얘기를 들어본 적이 있다. 나도 혹시나 농구를 업으로 했다면 농구에 신물이 나서 오히려 일찍 저버렸을 지도 모르겠다. 물론 가장 좋아하는 일을 직업으로 삼아 평생 애정을 갖고 노력하여 큰 성취를 얻을 수도 있다. 그러나 그렇게 되지 못하더라도 평생 자기가 할 수 있는 좋은 취미 하나 정도는 갖고 있는 게 한평생을 살아가는 데 있어 많은 도움이 되는 것은 분명할 것이다.

나는 인생을 충분히 즐기며 살고 싶다. 이제 서서히 농구코트에서 종횡무진하기 힘들어지는 나이가 되어가고 있다. 농구공을 완전히 내려놓기 전에, 또 다른 취미생활을 찾아야겠다.

# '금수저'와 '흙수저'

나는 '금수저'·'흙수저'보다는 '은수저'나 '동수저' 정도가 좋다.

금수저는 부럽긴 하지만, 그 고운 빛깔을 계속 유지하는 것이 쉽지 않고 남들의 이목을 받는 것도 부담스럽다. 흙수저는 매번 그 흙 때를 벗겨내는 것이 어려운 데다가, 더 좋은 것들과 계속 비교가 돼서 조금 싫은 부분이 있다. 학교로 따지자면 1등이나 꼴찌보다는 중상위권 정도가 가장 좋다.

만일 사람들이 흔히 말하는 그 둘 중에서 하나만 택하라고 한다면, 난 흙수저를 택할 것이다. 흙수저라도 나만의 방식으로 잘 가꿔나간다면 멋진 수저가 될 수 있고, 그 경험을 통해 터득한 자신만의 생존법과 보람은 큰 자산이 될 수 있다. 그러나 요즘같이 돈이 대세인 물질물명 시대에서는 이런 마음을 유지하는 것이 쉽지가 않을 것이다. 내가 만약 흙수저로 태어났다면 크게 한탄했을 수도 있지만, 그것을 슬기롭게 극복했다면 몇 배 이상의 가치를 스스로 깨닫고 앞으로도 계속 수저를 닦아나갈 수 있을 것이다.

세상에 따 놓은 당상은 없다. 재벌 후손으로 태어나면 모든 걸다 갖고 세상살이가 문제없이 평온할 것 같지만, 그렇지 않다. 금수저 후세들을 보면, 부모 재산을 늘리거나 지키는 의무가 자동적으로 부여되고 남들의 이목과 질시가 집중된다. 또 인생을

살아가면서 '내가 왜 돈을 벌어야 하는지, 내가 좋아하는 것과 잘
할 수 있는 것은 무엇인지'에 대해 고민할 겨를도 없이 돈이 인생
을 매몰차게 몰아간다. 그들이 결코 순탄하고 행복해 보이지만은
않는다.

## 제자리걸음

오늘 아무것도 한 게 없다고 자책하지 마세요.

지금의 난 어제의 나하고는 분명 다를 거예요.

지금의 시간을 어제를 자책하고 후회하는 데 쓰지 마세요.

내일은 오늘의 하루와 또 다른 시간으로서 올 것이고 어, 하다
가 그 시간이 금방 또 와서 지나가 버리니까요.

자꾸 예전의 일이 떠올라 나를 괴롭힐 때에는 그 기억에 파묻히
지 말고 지금 현재 내가 느끼는 감정이 무엇인지 살짝 한 번 살펴
보고 가세요.

아까의 생각이나 느낌과는 조금 다를 거예요.

# 내가 이 세상에 태어난 이유

삶을 살아가는 이유는 분명히 있다. 시작과 마무리가 있고, 인과 연이 씨줄날줄처럼 서로 복잡하게 얽혀 있다. 비록 인간이 겉으로 하찮아 보이는 삶을 살 수도 있지만, 생명과 삶의 목적은 무엇보다 가볍지 않다.

삶의 인과율의 법칙과 우주의 확장성은 정확히 드러나지 않는다. 나는 우주를 살아가는 중심이지만, 또한 나는 그 속을 살아가는 아주 작은 일부에 불과하다. 그래도 나는 기왕이면 따뜻하고 살맛나는 세상을 만들어 그 속에서 일원으로 살아가고 싶다.

그것이 내가 살아가는 방식이자 삶의 목적이 되었다. 지금 바로 당장 내 꿈을 모두 실현할 수는 없겠지만, 그 꿈과 목적을 위해 앞으로도 힘차게 달려가겠다.

# 사람의 향기

문화나눔 공동체 '사색의 향기'에 나오는 '향기촌'이라는 마을이 참 매력이 있다. 아직 완성된 것으로 보이지는 않지만, 꿈과 비전을 함께 하는 사람들이 모여 살아가는 곳이다. 너무 빠르게만 가지 않고 다양한 사람들이 섞여 느릿느릿 흘러가는 슬로우 마을. 경쟁과 생존 위주의 도시 생활에 지친 사람들이 삶의 향기를 만들고 또 맡으며 각자의 역할을 하는 곳. 나도 이런 마을의 일원이 되어 살아갔으면 좋겠다는 생각을 한다.

또한 전정환 씨가 쓴 《밀레니얼의 반격》이라는 책의 서두에 적은 '밀레니얼 개척자'들의 성향과 역할이 참 마음에 든다.

나의 성장을 위해 일하고, 결과로써 회사에 기여한다.

취향과 가치를 기반으로 커뮤니티를 형성하고, 변화를 실천한다.

재미있는 일, 의미있는 일, 아름다운 일을 하는 라이프스타일 혁신가들이다.

서울·강남 중심 사고에서 벗어나 로컬에서 가치를 창출하는 기업가 정신의 소유자들이다.

사실 2000년대생인 밀레니얼들에게 이런 특성들이 잘 발견되지만, 그렇다고 굳이 나이로 제약할 필요는 없다. 앞으로 이런

자기만의 특성과 공유가치로 살아가는 사람들이 많아졌으면 좋
겠다.

'향기촌 마을'과 '밀레니얼 개척자', 내가 꿈꾸는 세상과 통한다.

# 좋은 인연은 삶의 활력소

인생은 참 희한하다. 그동안 막히고 답답했던 삶이 어느 순간부터 풀리기 시작했다. 우연히 누군가를 만난 그 순간부터 술술 풀리기 시작한 것 같다. 그래서 인생에서 귀인을 만난다고 하는가 보다. 한 사람을 만나고부터 새로운 삶의 패턴들이 생겨났고 생활 속에서 뭔가를 해야겠다는 의욕들이 샘솟는다. 지나가는 인연에 감사해 하고, 이를 삶의 전환점으로 삼을 수 있도록 기회를 놓치지 말자. 보통 사람들은 이를 놓치고 지나보내는 경우가 많다. 피천득 시인의 시에서처럼 "어리석은 사람은 다가오는 인연도 모르고 보내지만, 현명한 사람은 스쳐가는 인연도 먼저 붙잡는다."고 했다.

친해지고 싶은 상대가 있지만 그 사람이 다가오지 않아 걱정이라면, 먼저 다가가 보는 것도 괜찮다. 서로 다가가는 것을 미루다 보면 인연은 이루어지지 않기 때문이다. 또 가끔은 이루어지지 않더라도 다가가려고 노력해 봤다면, 그때는 인연이 아니었다고 편하게 생각하면 된다.

한때는 "나는 나름 다른 사람을 도우며 착하게 살았는데, 왜 내가 힘들 땐 정작 도와주는 사람이 없지?"라며 한탄한 때도 있었다. 그러나 지나고 보니 내 주위엔 항상 좋은 사람들이 있었는데, 내 마음이 닫혀 있어 그걸 볼 수가 없었다. 사람이 나를 이끌어주는 것을 안다면 매사 감사해야 하고, 더 이상 두려워할 필요가 없다.

# 삶을 이끌어주는 모진 세상 속에서의 한줄기 빛

하루하루 살아가는 게 정신없기만 하고 별반 달라지는 게 없는 것 같다. 힘든 상황은 좀체 나아질 여지가 보이지 않는다. 그러나 이런 때일수록 나 스스로 격려하고 앞으로의 희망을 보자. "오늘 하루 너무나 수고했어. 내일은 오늘보다 밝은 해가 뜰 거야." 세상을 살다 보면 나를 안내해 주는 힘이 있고 성장시키는 계기들이 있다는 것을 느낄 때가 가끔 있다. 찬찬히 들여다보면, 그 힘은 작은 것 같지만 작지 않고 우연인 것 같지만 절대 필연적이다.

그리고 힘든 상황일수록 꿈을 꾸는 것이 아주 중요하다. 인생을 살아가는 데 있어 어디로 가야 할지 모른다면 그냥 정처 없이 사는 인생이 될 것이다. 만일 새로운 곳에 여행이나 출장을 가는데 내비게이션이나 교통안내 맵이 없다면, 목적지가 아무리 좋은 곳이라고 해도 험난한 여정이 될 수 있다. 꿈은 나를 이끌어가는 원동력이자 어렵고 갑갑한 현실을 이겨낼 수 있는 보조제와 같다.

저기 멀리 서광이 비추는 것 같다. 그 빛을 향해 서서히 나가 보자.

# 손 안에 움켜쥔 것

사람은 누구나 자기가 가진 것에 집착한다. 이는 당연하다.

자신의 능력이나 물적 자산, 속한 환경 등을 쉽게 포기하는 사람은 제 정신이 아닌 경우가 대부분일 것이다.

그러나 현재 자신의 상황이 너무나 좋지 않아 정말 새로운 환경에서 새롭게 출발하고 싶을 때에는 기존의 것들을 과감히 내려놓아볼 필요가 있다. 양 손에 모래를 한 움큼씩 쥐고서 새로이 사과나 포도를 손에 담을 수 없는 이치와 같다.

쉬운 선택은 아니겠지만, 그렇게 내려놓고 과감히 새 출발을 해야 하는 순간이 인생에서 반드시 있게 마련이다.

# 어느 날 갑자기 임신이 된 부부 이야기

애기를 가지려고 무던히 애를 썼지만 계속 실패하다가, 모든 걸 내려놓고 많은 시간이 흘러 기대치 않게 불쑥 아이가 생긴 일화를 어디에선가 한번쯤은 들어봤을 것이다.

무언가를 이루기 위해 노력하는 자세는 인생을 살아가는 근본 이유가 될 수 있지만, 그러나 잘 되지 않는 한 가지 일에 지나치게 집착하고 치우치게 되면 오히려 기대와 달리 일을 망치거나 일이 잘 풀리지 않는 경우가 많다. 뿐만 아니라 지나친 스트레스나 욕심은 몸과 마음을 헤치기 쉽다. 일이 잘 풀리지 않을 땐 그저 그러려니 하고 좀 지나쳐 보는 것도 괜찮다.

희망의 끈을 놓지만 않는다면, 언젠가 다시 시작할 수 있고 결국 이루어낼 수 있다. 집착과 스트레스가 그 순간 다른 부분들까지 잡아먹지 않도록 하는 것이 중요하다.

# 내맡긴다와 집착한다

'집착한다.'는 말은 무엇을 해내기 위해 온종일 노력하고 집중하고 그 일만 생각한다는 뜻이다. 사람이나 물건이 될 수도 있다.

반면, '내맡긴다.'는 말은 내가 아끼고 사랑하는 일이나 존재가 있지만, 조금 마음을 비워두고 제 할 일을 다한다는 뜻이다. 뭔가 바라는 바가 있어도 마음 한편에 접어두고 홀가분하게 마음을 비운다는 의미로 볼 수 있다.

과거의 기억을 떠올려 보면, 어릴 때에는 어떤 일에 열중하거나 집착하여 좋은 성과를 내는 데에 초점이 맞춰져 있었던 것 같다. 그러나 이제부터는 뭔가 바라는 것이 있더라도, 설령 그것이 아주 중요하거나 당위성이 있더라도 조금은 마음을 비우고 살고 싶다. 물론 내맡긴다는 것이 매일 기도하고 주문을 외더라도 잘 되지 않을 만큼 쉽지 않은 건 분명하다.

# 하나님의 마음

하나님이 인간과 세상을 창조하셨다면 인간이 태초의 목적대로 잘 살아가기를 바랄 것이다. 마치 부모가 자식들이 잘 성장하여 제 역할을 성실히 수행하기를 바라는 마음처럼 말이다. 물론 자식도 부모의 기대와 달리 잘못을 저지르기도 한다.

그러나 자식이 나이가 들어 부모의 마음을 이해하듯, 인간도 좀 더 성숙해지면 하나님이 우리를 이 땅에 내린 의미를 이해할 수 있을 것이다. 또 깨물어서 아프지 않은 손가락이 없듯이, 자식인 우리들이 어떤 잘못을 저지르더라도 끝까지 포기하지 않을 것이다. 많은 능력을 타고난 자식이든 조금 어수룩한 자식이든, 예쁘게 태어난 자식이든 조금 못나게 태어난 자식이든지 간에 모두 속에서 낳아서 키운 자식이기 때문이다.

# '아프니까 청춘'이라지만

'젊어서 고생은 사서도 한다.'지만, 그렇다고 해서 지금 힘들어 죽겠는데도 무조건 참고 견디라고만 해서는 안 된다. 살아가는 것의 즐거움과 유연함, 쉬어가는 시기의 필요성도 같이 알아야만 고되고 억센 상황도 견디고 이겨낼 수 있는 것이다.

요즘 아이들에게 나중의 성공과 안정적인 생활을 위해 지금 순간을 참고 견디라 말하기엔 요즘 세상이 너무도 각박하고 핑크빛 희망이 없는 것 아닌가 하는 의구심도 든다. 어린 시절에는 튼튼히 자리 잡고 깊게 뿌리를 내릴 때까지 주변의 도움이 필요하다.

나이 어린 연예인들의 잇단 자살을 보면서 고통의 순간을 무조건 참으라고 말하기가 두렵다. 빛이 전혀 보이지 않는데 어찌 밝은 희망을 좇아 조금만 기다리라고 설득할 것인가? 젊은이들이 세상의 밝은 면을 조금 더 느끼고 편하게 숨 쉴 수 있도록 해방구를 만들어 주었으면 좋겠다.

# 한봄, 살아가는 목표와 역동성이 있는 봄이 좋다

내가 인생을 사는 이유는 꿈이 있기 때문이다. 그래서 별과 달을 보며 하루를 설계하고 상쾌한 공기를 마시는 아침 시간이 즐겁다. 봄은 움츠리고 얼어있던 만물에 움트는 기운이 생동하여 생명력이 강하게 느껴지는 계절이다.

인간에게는 한 해의 계획을 세우고 추진하고 점검하는 시기이다. 물론 미래를 위해 지금 시간을 희생해서는 안 된다. 미래를 그리며 준비하는 지금 이 시간을 조금 즐길 뿐이다.

사람이 대자연의 순환의 법칙과 순간순간의 존재 이유를 안다면, 봄을 탄다는 것은 어쩌면 자연스럽고 좋은 일일 것이다.

그리고 사람들에게 봄의 희망에 대해 다시금 얘기하고 싶은 것이 삶의 목표가 되었다. 사람을 살리고, 그로 인해 나도 기운을 얻을 것이다. 그곳으로 천천히, 때로는 격렬하게 달려갈 것이다. 그곳에 빛이 있고 내 봄이 있고 새로운 길이 있을 것이다. 물론 쉽지 않고 중간에 상처도 받겠지만, 그렇다고 내 꿈을 포기할 순 없다.

당신의 봄은 어땠나요? 화사롭고 따뜻했나요?

# [여름]

Truly Madly Deeply

이 노래의 가사처럼 살고 싶다.

나는 당신이 꿈을 이루는 것을 지켜보고 싶어요.

당신과 산에도 가고 싶고, 같이 바다도 보고 싶어요.

저기 어딘가에 별이 빛날 때, 당신의 바람이 하늘로 가닿길 빌어요.

사랑하는 그대가 있기에 내가 이 세상을 살아갈 수 있어요.


이 세상 모든 사람과 모든 것들을 진심으로 대할 거예요.

당신이 세상의 가장 밝은 존재로부터 보호받고 있다는 안도감과

기쁨의 눈물을 흘릴 때까지 함께 할 거예요.

때로는 미친 듯이 격정적으로 행동하고, 때로는 따뜻하면서도 아주

여유있게 세상을 바라볼 거예요.

매 순간순간을 그냥 흘려보내지 않고 흠뻑 느끼며 즐길 거예요.

이 세상이 마르고 닳아 사라질 때까지.

## 하지 않고 후회하는 것보다는
## 해보고 후회하는 것이 낫다

"늦었다고 생각할 때가 가장 빠른 때이다."라는 말이 있다. 무언가 하고 싶은 것이나 해야 할 일이 있다고 뒤늦게 생각나는 경우를 이르는 말이다. 어차피 인간은 무언가를 하기 위해 태어난 존재이기에, 하지 않고 망설이기보다는 시도해 보는 자체가 아름답다. 물론 많은 실패와 시행착오를 겪기도 하지만, 그것을 통해 성장하고 다음 단계로 갈 수 있는 징검다리를 만드는 것이다.

인간은 태어나면서 자신만의 큰 꿈과 목표를 설정해 놓지만, 그 것의 달성여부와 별개로 각각의 작은 행동들을 통해서도 삶의 기쁨과 성취감을 느낀다. 인간은 완전함을 추구하지만, 매순간 완전하기를 바랄 뿐이다. 그래서 너무 완벽을 기하기 위해 준비만 하는 것보다 먼저 행동으로 실천하는 것이 나을 때가 많다. 인생은 타이밍이 중요하기 때문이다. 물론 너무 독단적으로 판단하여 서두르다가 자신과 주변에 피해를 주는 경우도 많지만, 정말 직관적으로 중요하다는 느낌이 들 때는 주저 없이 뛰어들 필요가 있다.

물줄기는 크건 작건 간에 쉼 없이 흐르고 움직이게 되어 있다. 그러다 그 흐름이 정체되고 한 곳에 고여있게 되면, 물은 썩어 그 생명과 가치를 다하게 된다. 우리네 인생도 마찬가지다. 불현듯 이건 꼭 해봐야 되겠다는 생각이나 판단이 설 때는, 다른 사람의

눈치나 사회적 통념을 너무 의식하지 말고 한 번 시도해보는 것도
괜찮다. 약간의 신중함이 필요하겠지만, 초가삼간 다 탈 때까지
기다리다가 지나간 버스를 영영 다시 타지 못할 수도 있다.

# 다른 사람을 상담하면서

내가 비록 전문가는 아니지만, 경험으로 절실히 느낀 부분이나 남들보다 먼저 알고 있는 분야에 대한 상담을 시작했다. 직장 동료나 친구를 대상으로 대면 상담도 해보고, '네이버 지식인'에서 온라인 상담도 해 보았다. 내가 아는 상식과 진실에 대해 확신을 갖고 도움을 필요로 하는 사람들에게 상담을 시작한 것이다. 조금씩 상담 경험이 쌓이면서 고맙다는 인사나 내공을 수여받는 등 좋은 피드백을 받는 경우도 차츰 늘었다.

그러다 '내 조언이 과연 다른 사람에게 도움이 될까?', '다른 사람에게 객관적인 위치에서 편안하게 했던 조언들을 과연 나에게도 할 수 있을까?'라는 의문이 들기도 했지만, 큰 도움은 아니더라도 궁금증과 불안감이 있는 상태에서 심리적인 편안함과 정신적인 위로를 주는 정도에서 만족했다. 사람은 힘들면 위축되기 때문에 이렇게 대처하면 되는 것을 알면서도 생각대로 행동하지 못할 때가 많다. 나도 그랬고, 내가 상대한 사람들도 그런 경우가 많았다.

상담을 하면서 하나 더 느낀 것이 있다. 주변의 지인에게 조언이나 충고를 할 때에는 따뜻한 위로와 격려도 중요하지만, 가끔은 쓴 소리가 필요할 때도 있다. 특히 문제가 심각한데도 잘 고쳐지지 않을 때에는 어설픈 위로나 격려보다 따끔한 일침이 더 효과적이다. 물론 상담자의 마음속에는 따뜻함과 평정심이 유지되어야하며, 자신에게도 당당히 얘기할 수 있을 만큼 모범을 보여야 하는 어려운 과제가 남아있긴 하다.

# 사람을 사귀는 방법

진심은 통한다.

그러나 금방 통하지 않을 때도 있다.

그러면 때를 기다려야 하고, 그 순간을 조용히 흘려보내야 한다.

결국 기다릴 수 있고 처음의 진실된 마음을 간직할 수만 있다면, 진심은 언젠가는 통하게 되어 있다.

사람이 사람을 대할 때 진심과 함께 그 사람과 함께 하는 시간도 아주 중요하다. 그 두 가지가 모두 충족되면 둘 사이의 관계에는 서서히 우정과 신뢰, 사랑이 쌓여간다. 물론 오해가 생길 때도 있지만, 그것은 지나가는 순간에 불과하다.

모든 사람을 진심으로 대하고, 그 사람에게 관심과 시간을 지속하는 것. 그건 분명 쉽지 않은 일이지만, 사랑하는 화초에 매일 물을 주고 관심으로 돌보고 키우는 것처럼 사람도 그렇게 대해야 한다. 나도 마음속으로 잊지 말자고 다짐해 본다.

## '초딩' 친구들의 편안함

'초딩' 때부터 가장 친했던 세 명의 멤버가 있었다. 줄곧 친하게 잘 지내다 고등학교를 졸업하면서 세 명이 다른 지역으로 제각각 떨어지면서 한동안 함께 모일 기회가 없었는데, 몇 년이 지나고 아주 우연히 다시 볼 수 있는 기회가 생겼다. 그 이후에도 셋이 다 사는 곳이 달라서 자주 모이지는 못했지만, 세 명이 모일 때면 그 자리가 너무도 편하고 즐거웠다.

오늘은 오랜만에 만나 불판에 고기를 구워먹으며 소주 한잔 하고 노래방에 갔는데 정말 맛도 있고 흥도 나는 자리였다. 돌이켜 보면 우리의 만남은 늘 그랬었다. 내가 어렵고 우울한 상황에 빠지더라도 그들을 만나는 순간만큼은 그 시름을 잊고 편안히 즐길 수 있었다.

그들과의 인연에 감사한다.

# 사람 때문에 웃고 사람 때문에 울다

난 내 입장과 주관이 뚜렷한 편이지만, 동시에 옆의 사람을 많이 의식하고 영향도 많이 받는 편이다. 어떨 때는 기분이 매우 좋다가도 옆에 있는 사람 때문에 일순간에 기분이 곤두박질치기도 한다. 문득 내가 갑자기 기분 나빠하는 이유를 곰곰이 생각해보니 내 마음을 잘 몰라주는 것이 서운하고 억울했던 것 같다. 생각으로는 현명하고 너그러운 사람이 되고 싶지만, 생각대로 행동하는 것이 쉽지 않을 때가 많았다.

그러나 때로는 사람 때문에 흥이 날 때도 있다. 내가 옆에 말도 안 꺼냈는데 내 맘을 그렇게 잘 알아줄 수가 없다. 유유상종(類類相從)이라는 말처럼 비슷한 성향의 사람들끼리 잘 모이는 것일까? 어쨌든 이럴 때는 없던 기운도 생기고 주어진 일들을 더 의욕적으로 할 수 있다.

그래서 '결국은 사람이다.'란 결론을 내렸다. 하늘의 일도 사람이 실천하고, 땅의 기운을 먹고 자라는 것도 사람이다. 사람들이 주인으로 사는 이 세상, 결국 사람들 생각과 행동대로 세상도 흘러가는 게 아닐까 한다. 그러나 내 주변 사람만 챙기는 편협한 시각에 갇히지 않도록 노력해야 할 것이다.

# 삼천포로 빠지다

어떤 일을 처음 시작하기 전에 우리는 마음가짐을 다진다. 그것을 초심이라 하여 오래오래 간직하려 한다. 그러나 살다보면 힘들고 바쁜 현실에 묻혀서 그 마음을 잊거나, 다른 사람이나 일 때문에 일시적인 감정에 휘말려 본래 마음과 동떨어진 행동을 하게 된다.

물론 사람이라면 누구나 삼천포로 빠질 수 있다. 그러나 최초에 내가 왜 그 일을 시작하려 했는지, 어떤 자세로 임하려 했는지를 다시 기억해 내고 되새기지 않는다면 결국 무의미해 지는 것이다. 조준 각도가 틀어진 채 시간이 경과하면 할수록 최초의 목표점과는 점차 더 벌어지게 되어 있다. 그렇게 본질을 잊은 채 살아가다 보면 내가 어디로 가는지 방향성을 잃고 방랑하거나 방황하기가 아주 쉽다.

그래서 너무 먼 곳으로 가버려 돌아오기를 포기하기 전에, 다시 방향과 진로를 바로잡을 수 있도록 매일매일 자신을 되돌아보는 자세가 중요하다. 초발심(初發心)을 기억하는 것과 자신을 돌아보는 성찰의 자세가 인생을 살아가면서 중요한 것은 자명하다.

# 과음의 폐해

어제 지나치게 많은 술을 마셨다.

그동안 회사에서 새롭게 맡은 일이 내 생각대로 무난하게 진행되지 않았던 데다가, 같이 일하는 상사의 사고방식이나 업무 태도가 내 성미와 맞지 않아 알게 모르게 스트레스가 되었나 보다.

덕분에 야간의 회식자리에서 평소보다 좀 달렸더니 다음날 여지없이 몸은 힘들고 마음도 축 처져 있다.

술은 기분이 좋아서 마시던지 나빠서 마시던지 과하면 탈이 나는 경우가 대부분이다. 어릴 때부터 만취하여 사고를 친 경험이 한두 번이 아닌데도 술버릇을 고치는 일이 여간 어려운 게 아니다.

만취(滿醉)하지 말자. 주독(酒毒)에 빠지지 말자. 주사(酒邪)도 계속되면 심각한 병이다. 이번에도 심신이 피로한 상태에서 한 번더 다짐을 해 본다.

# 화장실 들어가기 전과 나와서의 차이점

때가 되면 필요에 의해 화장실에 가야 한다. 들어가기 전엔 안 가면 미칠 것 같지만, 용변을 보고 나오면 언제 그랬냐는 듯이 고마움을 싹 잊는다.

담배도 피우기 전에는 피고 싶어 미치겠지만, 피고 나면 냄새 나고 목만 아플 뿐 욕구가 금방 사그라진다.

고통이 계속될 땐 빨리 벗어나고 싶어 죽겠지만, 벗어나고 나면 힘들었던 그 순간을 스르르 잊게 된다.

사람도 친해지기 전에는 그 사람 옆에만 있어도 좋을 것 같지만, 막상 친해지고 나면 감흥이 점차 옅어진다.

물론 자신이 지닌 것이나 늘 주위에 있는 존재를 당연하게 받아들이는 것은 인간의 본능이겠지만, 있을 때의 고마움을 잘 모르고 지내다 보면 그것이 사라졌을 때 절실함이 배가된다. 나도 내 주변의 소중한 존재들에 대해 고마움을 모른 채 너무나 당연시하는 것이 많지 않은가 반문하여 본다.

지금 나에게 화장실, 공기, 소금과 같은 존재는 무엇이 있을까?

# 미꾸라지 몇 마리가 흙탕물을 만든다

어느 집단이나 조직에 속한 사람들 대다수는 잘 하고 있지만, 소수 몇 명에 의해 그 바닥 물이 흐려지고 있다고 생각한다. 그것이 검사, 경찰, 판사, 일반 공무원, 성공한 사업가이건 간에 묵묵히 자신의 소임을 다하는 사람이 더 많을 것이다. 그러나 세간의 평가는 일부 미꾸라지 때문에 전체로 매도되는 경우가 허다하다.

그래서 집단 자체나 조직원 전체를 싸잡아 매도하는 것은 바람직하지 않다. 나아가 멀쩡한 조직을 없애거나 다 뜯어고쳐야 한다고 주장하는 것도 너무나 쉬운 발상이며, 좀 더 신중히 접근해야 할 것이다. 다소 어렵더라도 미꾸라지 몇 마리를 걸러내고 물을 정화할 수 있는 방법을 찾는 것이 현명한 처사일 것이다.

# 《미스 함무라비》를 읽고

요즘 "사법정의가 무너졌다."는 말을 많이 들었는데, 이 책을 읽고 나서 '그래도 주변에 괜찮은 판사들이 꽤 많구나.' 하는 생각이 들었다. 또 그들이 관례적으로 판결하는 것이 아니라, 늘 연구하고 고민하고 성장해가는 사람들이라는 것을 느꼈다.

한편, 책에 나왔던 "권리 위에 잠자는 시민이 되지 말라."는 말에 대해 나도 충분히 공감이 됐지만, 그럼에도 늘 바쁘거나 소심한 보통 사람들이 '박차오름' 판사처럼 행동하기는 조금 힘들겠다는 생각도 들었다.

그리고 지극히 개인적인 견해지만, 법은 좀 더 관대해지고, 판사들은 더욱 현명하고 자비로워지고, 시민들은 판결에 수긍하는 성숙함을 보이는 사회가 되었으면 좋겠다.

# 내려놓기와 포기하기

사람은 누구나 무언가를 잘하고 싶은 마음이 있다. 사람은 보통 커가면서 속한 환경에서 요구하는 과제들을 차례로 수행하게 되는데, 이를 통해 내가 잘하는 것과 잘하지 못하는 것을 구분한다. 그러나 여기에서 나 자신이 아닌 타인과 비교하는 잘못에 빠지기 쉽다. 나만의 특성과 장점이 있는데, 남과 비교하여 이를 쉽게 망각하곤 한다. 남보다 다소 오랜 시간이 걸려서 완성한다 하더라도 능력 자체나 결과물의 질이 떨어지는 것은 아니다. 자신의 능력과 특성을 잘 이해하여 장점은 최대한 살리고, 잘 못하는 부분은 인정하며 단점을 조금씩 보완하면 된다. 물론 세상과 환경이 급변하면서 짧은 시간에 점점 더 많은 것을 요구하고 있어 무난히 적응하는 것이 점점 더 어려워지는 것은 사실이다.

춘매추국 각유시(春梅秋菊 各有時)라 하였다. 나답게 사는 인생은 향기롭다. 화려한 장미도 좋지만 은은한 국화도 좋다. 도미가 어울리는 자리가 있는가 하면, 무난한 가자미가 분위기를 좋게 할 때도 있다. 대기만성(大器晩成)이란 말처럼, 자신에 대해 객관적으로 살펴보고 노력하다 보면 언제가 자신의 색깔을 찾고 남들도 인정해 줄 날이 온다. 빨리 인정받으려 하는 욕심을 내려놓아야 하며, 이것은 포기하는 것과는 엄연히 다르다. 남과 비교하지 말고, 매일매일의 자신과 비교하며 열심히 살면 그것이 최고의 인생 성공법이다. 산에 꽃나무가 아름답다고 해서 내가 반드시 꽃나무가 될 필요는 없다. 바람이 되어 이산저산 피어있는 꽃들의 냄새를 맡는 것도 좋지 않을까?

# 단잠

장거리운전 중에 잠이 오면 조금이라도 자고 가야 한다.

새해 멀리 뛰고 싶으면 겨울잠을 충분히 자야 한다.

인생에서 큰일을 해내기를 꿈꾼다면 중간에 쉬어가는 계획, 재충전하는 계획을 잘 짜야 하는 법이다.

어디에선가 읽은 문구이다. "가끔은 주저앉아 쉬어도 괜찮아요. 당신은 일어설 때를 아니까요. 쉬지 않으면 뛰어야 할 때도 걸을 수밖에 없으니까요." 제 아무리 멋진 그림도 빈 공간 없이 꽉 차 있으면 숨이 막힌다. 제 아무리 잘 나가는 인생도 아픔이 없다면 삶의 깊이가 없다. 겨울철 휴식기를 갖는 동·식물들처럼 삶에 여백과 충전의 시간이 없다면, 중간 중간 탄탄한 마디를 갖고 찬란한 풍모를 자랑하는 대나무가 되지 못한다. 사막에서 쉴 새 없이 풀을 뜯는 양들도 활동이 멎은 밤에만 뼈가 자란다.

휴식은 지친 일상에 기운을 충전해 준다. 적절한 휴식은 부족한 원기를 채워 삶에 활력을 돌게 하고, 인생의 마디를 만들어 단단하게 하여 준다. 휴식 없는 질주, 스스로 통제하지 못하는 무분별한 가속은 결국 탈이 나서 인위적인 제동에 걸리어 인생을 단번에 나락으로 떨어뜨릴 가능성까지 높아진다.

단지 휴식이 너무 길어지면, 다시 일상으로 돌아오는 데 어려움이 생길 수도 있다. 또 쉼표가 잘못 찍히면, '아빠가 방에 들어가지 못하고, 아빠 가방에 들어간다.'가 될 수도 있다.

## 스트레스나 걱정이 지나칠 땐
## 다른 것에 집중한다


오늘 일이 너무 많아 힘들고 지치셨나요?

스트레스 때문에 골치가 아프세요?

내일 어떻게 보내야 할지 걱정과 두려움이 앞서세요?


모든 시름과 고민, 쓸데없는 생각들. 잠시라도 내려놓으세요.

그게 잘 안 될 때에는 좋아하는 운동이나 취미를 하세요.

아니면 오히려 아주 조용한 곳에서 고요히 명상을 해 보세요.

그것도 아니면 아주 단순한 일을 하다가 잠을 청하세요.

그렇게 밖으로 에너지를 쓰거나 안으로 안으로 고요히 바라보는 데 집중하다 보면, 서서히 정리가 되기 시작합니다. 밖의 상황이 금방 좋아지는 건 아닐지라도, 조금씩 내 안의 힘이 모아지고 마음이 정돈되어 가는 것을 느낍니다.

# 나의 아픔과 트라우마

인간은 선대 조상으로부터 DNA를 계속해서 물려받는 선천적인 존재이다. 또한 인간은 환경 속에서 경험하면서 타고난 성향이 바뀌어가는 후천적인 존재이기도 한다.

나도 당연히 이러한 두 가지 측면을 모두 지니고 있을 것이다. 그러나 나라는 존재에 대해서 곰곰이 생각해 보면, 과거의 결정적인 아픔이나 혹은 전생의 회한 같은 것이 내 피와 유전자 또는 기억 속에 각인되어 있는 것 같다. 그런 것들이 매일 살아가고 삶의 목표에 도전해 나가는 데 있어 많은 부정적인 영향을 미치기 때문이다.

인간은 자신의 장점과 가치를 극대화하려고 노력하지만, 소위 말하는 트라우마, 즉 근원적인 두려움을 극복하지 않는 한 그것을 회피하는 방향으로 가기가 더 쉬운 존재인 것 같다. 이것이 나의 솔직한 심정과 견해이고, 나는 물론 주변 사람들을 조심스레 관찰하여 얻은 잠정적인 결론이다.

나의 아픔과 트라우마 역시 나의 타고난 성향과 고착화된 행동에 따른 당연한 결과이고 현재의 나에게 많은 부정적인 영향을 끼치고 있지만, 그 단단한 껍질을 알고 깨는 것이 또 다른 목표가 되었다.

# 상처에 약 바르기

잘 낫지 않는 마음의 상처. 깊은 흉터를 남긴 보기 흉한 상처들.
나에게 또 다치지 말라고 주의를 주네요.

그러나 가장 깊은 상처는 그것이 상처인지 모르는 것.

그리고 그리 깊은 상처가 아닌데도 지나치게 심각하게 여기
는 것.

마음의 상처를 치유하려면 우선은 평소 내가 어떤 사람인지,
어떤 패턴의 사고방식과 감정 작용이 일어나는지 살펴보는 것이
중요하다. 엄마들이 자기만의 방식으로 집안을 정리하고 그릇을
진열하고 옷을 개어놓듯, 사람은 사소한 일에도 자신만의 고유
성향이 있다. 물론 첫 술에 배부를 수는 없지만, 그런 것들이 연
습이 되면 일이 잘 안 풀려 정신이 어지러울 때 마음을 비우고 고
정된 관념이나 감정에서 탈출할 수 있는 힘이 생긴다. 또 자신의
생활 패턴과 근본 기질에 대해서 점차 이해할 수 있게 되며, 나
를 하나부터 천천히 바라보는 힘이 생기면 상처도 이해하고 치유
할 수 있다.

가끔 인기 연예인이나 잘 나가는 스포츠 스타들의 공황장애 소
식을 접하게 되는데, 너무나도 안타깝다. 공황이라는 상태도 이

처럼 차근차근 연습한다면 점차 벗어날 수 있다고 생각한다. 물론 '중이 제 머리는 못 깎는다.'고 내 만성적인 질환이나 마음의 상처를 정확히 진단하고 잘 돌보는 것은 참 어려운 일이다.

## 자신과의 대화와
## '셀프 위로'에 능해야 살아남는다

요즘 같은 초급변의 시대, 초개인화 사회에서 생존하기 위해서는 자기 스스로 만족하고 위로할 줄 알아야 한다. 그게 잘 안 되는 사람은 매일 밤 스스로 최면이라도 거는 것이 좋다.

"그동안 고생 너무 많았고, 여태까지 잘해 왔어. 지금은 좋은 곳으로 가기 위해 방향과 방법을 찾는 과정이니까 너무 걱정할 것 없어. 앞으로도 행운이 계속 내 뒤를 따를 거야. 스스로 잘 참고 노력하다 보면, 결국에는 하늘이 도와줄 거야."

특별히 힘들었던 하루를 보내고 난 후에는 이러한 위로와 주문이 심리적으로 많은 안정을 주고 큰 위력을 발휘한다. 오늘보다 더 나은 내일이 될 것이라고 계속 가슴을 쓰다듬며 주문을 외우다 보면, 어느 샌가 마음이 후련해지거나 포근해지곤 한다. 푸근함에 잠이 스르르 밀려온다.

## 책임과 보상

열심히 일한 그대, 떠나라 훨훨.

훗날의 자유로움과 보상을 생각하며 현재의 고통을 다스리는 법도 알아야 한다. 이것은 누군가가 제시하는 게 아니라, 스스로 현재에 집중하게 하면서 참을 수 있는 한도를 연장하는 일종의 용인술이다.

더 나아가서는 현재의 힘든 상황도 좀 더 편하게 받아들이고 즐길 줄 알아야 한다. 피하지 못할 거라면 즐기고, 어차피 치워야 할 똥이라면 지금 치우는 것이 낫다고 생각하는 것이 현명할 수 있다.

그렇게 해서 내 할 일을 다 했으면, 그때는 회사나 남들 눈치 보지 말고 편히 쉬거나 내가 좋아하는 세계로 풍덩 빠져들자. 나는 충분히 그럴 자격이 있다.

# 취미 생활

책은 나에게 역사적 지식과 판단력을 주는 좋은 참고서이다.

음악은 내 감성을 편안하게 하고 순간의 영감과 생명력을 불어넣고, 영화는 새로운 볼거리와 메시지, 상상력을 준다.

운동은 짜증, 불안 등 정신적인 불편감과 과도한 집중 그리고 긴장에 따른 두통과 위경련을 날려버리는 물리적인 효과가 있다.

이들은 나의 무료함을 달래주는 좋은 친구들이자 내 감성과 영혼, 몸을 촉촉이 적셔주는 샘물이나 단비와도 같다. 물론 나는 '독서광'도 아니고 대중문화 전문가나 스포츠 마니아도 아니지만, 이들은 수시로 나의 삶을 달래주는 활력소이자 동반자가 되었다.

그 중에서도 《그리스도의 편지》, 이루마의 연주곡, '매트릭스' 영화, 농구와 국선도 등은 나에게 큰 위안과 감동, 새로운 길을 제시해준 베스트 프렌드이자 삶의 스승이 되어 주었다.

# 인간은 불완전해서 아름답다

오늘 영화 '어벤져스 : 엔드게임'을 보았다. 영화를 보면서 인간은 누구나 완전하지 않다는 것을 느꼈다. 그러나 일부 불완전한 모습 속에서도 동료애와 생명을 살리기 위한 대의명분으로 하나로 뭉친 영웅들의 모습은 아름다웠고 결국 지구를 지키는 것에도 성공했다.

'1박 2일', '런닝맨', '무한도전', '신서유기' 등 장수하는 인기 예능프로그램들은 모두 공통점이 있다. 프로그램을 전체적으로 끌고나가는 주연이 있지만, 전체 팀원들의 개성과 장점이 잘 녹아들고 어우러져 전체적인 조합이 잘 맞는 것이 중요하다. 출연자들은 이기기 위해서 경쟁하고 때로 헐뜯기도 하지만, 멤버간의 믿음과 우정이라는 큰 틀 안에서 서로 배려하고 보듬어주면서 재미를 살리고 있다.

나는 스포츠 종목 중에서 농구, 야구, 축구 등의 구기 종목을 좋아하는데, 이들의 공통점은 각각의 포지션이 있어 어느 한 명만의 특출한 능력으로 승리를 거두기가 어렵다는 것이다. 우수한 개인 기량이 기본적으로 중요하지만, 팀워크가 잘 맞는 것이 팀의 승패에 더 많은 영향을 미치는 것으로 분석된다.

인간은 불완전하지만, 그렇기에 뭉치고 단합해야 한다는 것이 내 지론이다.

# 호사다마(好事多魔)


일이 너무 잘 풀리고 기분이 한껏 좋을 때에는 조금 경계해야할 필요가 있다. 최근 회사에서 기분이 좋았던 데다가 어제 친구들을 만나 기분이 한껏 고양되었는데, 오늘 내가 좋아하는 농구까지 할 생각을 하니 모든 것이 순조롭고 한없이 좋을 것만 같았다. 그러나 오늘 농구를 하다가 그만 초보자와 부딪혀 허벅지 부상을 입었다. 생각보다 많이 아팠고 순간 화와 짜증이 났다. 일상생활에 지장을 주었고, 아침 수련에도 차질이 생겼다. 그러나 며칠 지나면서 다른 사람보다 내 탓이려니 생각하려 했고, 조만간 다가올 중요한 일들이 많으니까 이것도 다 겪는 과정이려니 했다. 그나마 큰 부상이 아닌 것을 다행으로 여기고, 그저 감사하며 살자고 되뇌었다.

좋은 일이나 결과가 계속 생길 때에는 곧 좋지 않은 일이 생길 가능성이 높다. 왜냐하면 좋은 일이 지속될 가능성보다 나쁘게 반전될 확률이 점점 커지기 때문이다. 쉬운 예로, 동전 던지기를 해서 홀이 나오면 나에게 좋다고 할 때 세 번 연속 홀이 나오면 처음에는 기분이 좋지만, 갈수록 짝이 나올 확률이 점차 커지게 되면서 불안해지는 것이 이치다. 수학적으로는 매번 똑같은 50%의 확률이지만 전체 상황으로 보면 그렇단 얘기다.

무엇보다 누구나 일이 잘 풀리고 좋은 결과가 반복되다 보면 교만해지기 십상이다. 그래서 사람은 겸손해야 하며, 결과에 상관없이 내적으로 좋은 에너지를 떨어뜨리지 않고 유지하는 것이 중요하다.

# 아주 조금의 차이

　남을 의식하는 것과 배려하는 것은 둘 다 남을 생각해서 내 행동양상을 조금 바꾸는 것이다. 그러나 의식은 남들의 시선이나 이목 때문에 내 행동을 자제하는 것이고, 배려는 평소 잘 하지 않던 행동을 남을 위해서 새롭게 하는 것이라 생각한다. 지나치게 남을 의식하는 것은 자신을 옥죄어 억눌린 상태로 만들지만, 타인에 대한 사소한 배려는 남도 기쁘고 자신도 작으나마 보람을 느낄 수 있다. 물론 배려도 과도하면 타인을 불편하게 만들 수 있다.

　높은 지위에 있는 사람이 자만하는 것과 그런 위치에서도 겸허함을 유지하는 것 사이에도 작지만 큰 차이가 있다. '만초손, 겸수익(滿招損, 謙受益)'이라 하여 자만심은 손해를 초래하지만, 겸허함은 이익을 가져다준다고 했다. 자신의 권세나 재력을 믿고 상대를 힘으로 밀어붙이는 태도, 자신의 능력을 내세워 남을 경시하는 태도, 아랫사람은 무조건 복종하라는 태도 등은 모두 만(滿)이다.

　자만이나 교만, 거만·오만함 등은 스스로의 진보·발전을 저해하는 것은 물론 주변사람에 대한 상처와 피해를 불러올 수 있다. '을(乙)'들에게 '갑질(甲—)'하거나 성질부리기 십상이다. 또 자신의 네트워크를 통해 기득권만 계속 쌓으려는 한심한 작당들도 생각보다 많다. 나도 툭하면 조금이라도 잘난 체하고 싶어 하는 나 자신에게 평생 당부하고 싶은 이야기다. 나도 똑같이 '그 밥에 그 나물'이 되지 않도록 노력하자.

# '꼰대'가 싫은 이유

요즘 젊은 세대들은 권위적인 사고를 가진 어른이나 선생님을 '꼰대'라고 하며 싫어한다. 소위 '꼰대'들은 자기만 옳다고 생각하며 남을 무조건 가르치려는 습성이 있고, 남의 얘기를 잘 안 듣기 때문에 그들과는 소통이 잘 안 되는 특성이 있다. 쉬운 예로 남자들이 여자들에게 군대 얘기, 축구 얘기, 군대에서 축구한 얘기를 자꾸 반복하는 것을 생각하면 된다.

나도 남의 말을 귀담아 듣지 않는 경향이 있다. 그 이유를 가만히 생각해 보니, 대략 듣고 얼른 판단해 자꾸 내 의견을 전달해 주려 하는 것 같다. 앞에 있는 사람은 단순히 자기 얘기를 하고 싶었을 뿐인데, 나는 그에 대해 좋은 대안을 제시해야 한다는 강박관념이 있나보다. 마치 '화성에 있는 남자와 금성에 있는 여자'가 대화하듯 말이다.

그래서 나도 이제부터는 무조건 남의 얘기를 경청하고 편하게 대화하는 데 집중해야겠다. 아무리 옳은 말이라도 그 사람이 도움이나 조언을 요청할 때에만 내 의견을 얘기하자. 특히 세대 간의 문화적인 단절과 사고방식의 차이가 심각한 상황에서 나부터라도 소통하는 방식을 터득하여 격차를 줄이는 데 일조하고 싶다. 젊은 세대나 후배들에게 고집불통에 도무지 바뀌지 않을 것 같은 사람으로 낙인찍히고 싶지는 않다.

# 유능한 사람의 요건

예전에는 '강한 자가 살아남는다.'고 하여 왕, 돈 많은 사람, 권력가, 권모술수에 능한 사람 등이 단편적인 역사 속에서 잘 살아가는 듯이 보였다. 그러나 그런 사람들의 말로나 후손들까지 살펴보면 꼭 그렇지 않은 경우도 많았고, 게다가 최근에는 잘못된 방법으로 높은 위치에 올라간 사람들이 순식간에 고꾸라지는 모습을 쉽게 볼 수 있다. 그렇다면 앞으로는 어떤 사람들이 성공하는 것일까?

내가 보기엔 남을 포용할 줄 아는 그릇이 큰 사람이다. 그릇이 큰 사람은 스스로 주워 담지 않아도 자연이 채워준다. 또 한 조직의 유능한 리더라면 자신이 추구하는 이상향이 무엇인지, 그곳으로 어떻게 가야 하는지를 명확히 알아야 하지만, 아무리 좋은 방향이라 해도 혼자 선두에 서서 "'나만 따르라!'" 외치며 억지로 진두지휘하는 독불장군형 캐릭터는 더 이상 훌륭해 보이지 않는다. 본인뿐만 아니라 구성원 전부가 지휘하는 사람의 목표와 취지를 잘 이해해야 하는데, 이것은 말로 지시하고 우격다짐으로 밀어붙여서 되는 것이 아니다. 그보다는 행동으로 솔선수범하며, 아랫사람에게 공감해 주고 권한도 위임할 줄 알아야 한다. 거기에 그들의 입장을 배려하고 사기를 진작해 주며, 작은 아이디어라도 보태

주고 그들의 의견을 잘 조율하여 하나의 방향으로 이끌어 준다면 더 말할 나위 없이 최고일 것이다.

처음의 명확한 목표 설정과 중간 중간 따뜻한 배려와 보살핌, 결론을 다 같이 만들어내는 공감력. 이런 것들을 가진 리더와 선배가 그립다.

# '기생충'과 '역린'

　'기생충'이란 영화를 보고 처음엔 느낌이 그냥 좀 찝찝했다. 기택이네 장남이 친구 부탁으로 과외를 대신하는데 학력을 위조하며 약간의 사기를 친 수준이었다. 큰 악의가 없는 단계였지만, 딸이 미술 교사, 기택이가 운전기사로 들어가면서 점점 박사장집에서 기거하는 기생충 가족으로 변질되어 갔다. 그러다 가정부마저 내쫓고 가족 네 명이 고스란히 들어앉으면서 양 집안에 파탄과 비극의 서막이 시작되었다.

　이 영화를 보고 몇 가지 느낀 소감이 있다.

　처음에는 사회 양극화 측면이 부각돼 보였지만, 차츰 인간의 생존 욕구가 변질되어 이기심으로 물드는 과정에 가슴이 먹먹해졌다. '역린'(逆鱗)이라 해서 용의 턱 아래 비늘을 건드리면 안 되는 것처럼, 옛날 임금의 분노를 자아내면 죽임을 당한다는 말이 있다. 그러나 임금 같은 존재가 아니라도 사람은 누구나 건드리면 안 되는 마음속 깊은 상처나 치부, 트라우마가 있는 것 같다. 눈앞에서 아내를 잃은 사람이 미치고 환장한 것은 이해가 쉬웠지만, 기택이가 딸이 칼에 찔린 상황에서 그놈의 냄새 때문에 순간 이성을 잃고 박사장을 죽인 것은 그렇지 않았다. '열 길 물속은 알아도 한 길 사람 속은 모른다.'는 말처럼 사람의 속마음은 속속들이 알

길이 없다.

　또 하나 기억에 남는 것은 "너는 다 계획이 있구나?"란 명대사
다. 인생은 한 치 앞도 내다볼 수 없고, 그래서 계획을 세우는 것
이 무의미해 보일 수도 있다. 그러나 무계획이 자포자기를 뜻하
는 것은 아니며 현실에 만족하며 사는 것이 최선이라는 교훈을
얻었다.

# 내가 기쁠 때, 보람을 느낄 때

나는 뭔가 어려운 일을 나만의 방식으로 무사히 해냈을 때 기쁨을 느낀다. 또는 어떤 사람과 같은 생각으로 진한 교감을 나눴거나 자연이나 음악 같은 예술의 세계에서 영감을 받았을 때도 그렇다.

내가 보람을 느낄 때는 내가 누군가에게 가르침이나 감동을 주어 그 사람이 좋은 방향으로 변화된 모습을 보였을 때이다. 나도 늘 자연이나 다른 누군가로부터 좋은 영향을 받고 있기에 나 자신이 개선되거나 성장한 모습을 볼 때 스스로 뿌듯하다. 또 사람이나 물건을 적재적소에 잘 썼을 때도 아주 흐뭇하다.

나는 결국 사람과 사람이 어울려 서로 소통하고 도움을 주고받는 그런 따뜻한 세상을 만들어, 그 안에서 살아가는 것이 인생 최고의 목표이자 바람이 되었다.

# 말보다 행동이 앞서다

'말보다 주먹이 앞서 그르친다.'는 말이 있다. 그러나 가끔은 이성적이고 논리적인 판단보다 그냥 느껴지는 대로, 순간의 직관이 이끄는 대로 과감히 행동하는 것이 더 나을 때가 있다. 특히 요즘처럼 변화가 빠르고 정답이 정해져 있지 않은 시대에서는 일을 완벽하게 처리하려다 시기를 놓칠 가능성이 많아졌다.

정재승 씨의 《열두 발자국》이란 책에 소개된 '마시멜로 챌린지'라는 게임에서 유치원생이 MBA 학생과 변호사 등 가방끈이 길고 명석하다는 어른들을 이긴 일례에서 볼 수 있는 것처럼, 가장 단순한 것이 최선일 수 있다. 머리보다 가슴이 더 뜨거워야 좋을 때가 있으며, 계획보다 실천에 주력해야 성공할 때가 있다. 최고의 스포츠 스타들에게도 기술적인 연구·분석이나 냉철한 이성적인 판단도 중요하지만, 정작 중요한 경기에서는 머리로 계산하지 않고 본능적인 움직임에 몸을 맡긴다. 왜냐하면 일분일초의 순간이 경기의 승패나 기록을 좌지우지하는 경우가 많기 때문이다. 물론 모든 일을 동물적인 본능이나 충동에 따라 자기 하고 싶은 대로 다 하며 살자는 얘기는 아니다.

## 인생의 청사진도
## 생활의 작은 단초들로부터 시작해야

아침에 일어나자마자 집에서 기운 빠지는 일이 있었는데, 회사에서도 상식적으로 잘 납득되지 않는 일들이 계속되었다. 온종일 그런 일들에 시달리다가 다시 집에 돌아오니 피곤하고 세상만사가 다 귀찮고 무의미한 것 같았다. 세상일들이 역시 내 마음 같지 않은 하루였다.

아무리 훌륭하고 대단한 삶의 비전이 있다 해도 그것을 현실에서 실현할 힘이 없다면 무용지물이다. 그래서 본인의 주어진 환경 내에서 작게라도 실천할 방법을 찾으며 의지를 잃지 않는 것이 중요하다. 오히려 너무 큰 꿈만 추구하다 보면 쉽게 지치고 포기도 빠르다. 큰 세상으로 나아가기 위한 작은 단초와 계단들을 무시하지 말고, 그저 순간순간을 즐기며 차근차근 나아가는 것이 최선이다.

그래서 다시 한 번 마음속으로 다짐해 본다. 내일부터는 더 작은 원칙과 행동에 충실하며 스스로를 단단히 다져나가자.

① 매사 작은 것이라도 감사해 하고 즐겁게 살자. ② 힘들고 복잡한 상황에서는 소소한 일이나 흘러가는 감정에 연연하지 말고 크고 호방하게 생각하자. ③ 바쁜 일과 중에도 짬짬이 산책을 하거나 하늘을 바라보자. ④ 기본임무 외에 내가 중요하게 생각하는 자기 발전에 대해서도 자꾸 생각하자.

# 내가 지금 할 수 있는 것과 없는 것

혼자서 지금 당장 해결할 수 없는 일이 생길 때에는 주변에 빨리 도움을 요청해야 한다. 정말 중요하고 시급한 일일 때에는 더욱 그렇다. 스스로 부끄러워하거나 자책하는 데 시간을 허비해서는 안 된다.

나는 중요한 임무를 해야 하는데 일이 진행되지 않고 주변에 딱히 도와줄 사람도 없어 보여서, 내 마음 깊은 곳의 잠재능력을 깨워달라고 주문을 외우고 하나님, 부처님 등 여러 신들께 나를 도와줄 사람을 보내달라고 절실히 기도해 본 적도 있다. 그러면 신기하게도 급한 불이 꺼지고 상황이 정리가 되었다.

우선은 다 그럴 만한 이유가 있었다고 편하게 생각하면 된다. 그리고 나서 필요한 부분들은 때에 맞게 천천히 준비하면 된다. 정작 중요한 것은 어떤 일이 처음에 단번에 잘 풀리지 않더라도 나의 접근방법이 조금 잘못됐다고 인정한 후, 더 공부하고 보완하면 된다.

# 좋고 나쁨, 오직 생각과 의식의 차이일 뿐

긍정적인 사고와 부정적인 사고의 차이는 크다. 우산장수와 짚신장수의 두 아들을 둔 부모의 마음처럼 어떻게 생각하느냐에 따라 마음의 편안함과 무거움의 정도가 달라진다. 일의 결과도 달라질 수 있다.

넬슨 만델라는 "진정한 용기는 두려움을 갖지 않는 것이 아니라, 두려움이 나더라도 그것을 극복하는 것이다."라고 말했다. 남들이 가지 않은 길이라 두렵고 더 힘들 수 있겠지만, 그 길을 용기있게 가는 이가 바로 개척자이며 선구자다. 두려움을 극복하고 용기를 내는 일도 마음을 어떻게 먹느냐에 달려 있는 것이다.

어제 그렇게 바쁘고 짜증나기만 하던 일상이 오늘이 되니 모든게 바뀌어 여유있게 술술 풀려나간다. 어젯밤에 마음을 비우고 오늘 평정심을 유지하고 집중력을 발휘한 탓인지, 회사에서의 좋은 기분과 성과가 집으로까지 연결되어 집안일도 크게 힘들이지 않고 완수하였다. 일체유심조(一切唯心造)라 하더니만, 정말 다 마음먹기 나름인가?

사회복지단체 '따뜻한 하루'에서 보낸 편지 내용 중에 발췌하고 싶은 내용이 있다. 연약하고 작은 마음(心)에 점 하나를 찍으면 반드시 되고(必), 불가능(Impossible)에 찍으면 I'm possible이 된다. 인생을 짓누르는 '빚'에 찍으면 '빛'이 되며, 인생을 포기한 '자살자'에 찍으면 '자, 살자'가 된다.

바쁠수록 잠깐의 휴식과 차 한 잔, 마음 돌아봄과 내려놓음 등이 필요할 것 같다. 그리고 내 자식이나 주변에도 잘 못한다고 자꾸 질책이나 채근하기보다 잘 하고 있지만 조금 더 노력해보라고 말하는 것이 좋겠다. 나 자신과 내 주변 사람들이 두려움이나 죄책감을 느끼게 하지 말고, 신념이나 이상을 좇아 계속 도전하고 성장할 수 있도록 격려해야겠다.

# 국선도의 좋은 점들

국선도는 단전호흡 중심의 내공과 무술 중심의 외공으로 이루어져 있다. 또 내공 수련은 준비운동과 행공, 정리운동으로 되어 있고, 수련 시기와 집중도에 따른 단계별 수련법이 체계화되어 있다.

내가 국선도를 여태껏 해온 바로는, 수련의 포인트는 바로 '은은한 힘'이라 생각된다. 모든 것을 비운 듯, 여읜 듯하면서도 그 중심에는 꾸준한 힘과 의지가 있어야 한다. 그렇게 수련에 집중하다 보면 내 삶의 목표와 방향을 설정하는 이정표가 되어 주고, 내가 살아가는 길을 돌아보며 제대로 밟아나갈 수 있는 거울도 된다.

국선도의 또 하나의 장점이라 하면 내가 원래 책 보면서 대변 보기, 음악이나 라디오 들으며 운전하기 외에는 멀티플레이를 잘 못하는데, 그런 차원에서 도움이 많이 된다. 전신을 풀어주는 국선도 준비운동만으로 여타 다른 운동에 직접적인 도움이 되며, 일상생활에서 감정 조절이나 자신감 회복을 도와줌으로써 업무 성과나 좋은 대인관계로 연결되는 경우가 많았다. 물론 그렇다고 해서 내가 국선도의 달인도 아니고 성인군자처럼 내 마음과 몸을 다 조절할 수 있는 것은 아니지만, 그 길에 다가가기 위해 노력하고 있다.

인생의 시계는 여름에 와 있나요? 아니면 가을인가요?

# [가을]

삶의 길

요즘처럼 각박하고 답답하고 바쁘기만 한 일상생활 속에서 삶의
의지가 꺾이지 않기 위해, 너무 잘난 사람만 인정받는 세상에서 계속
소심하게 움츠러들지 않기 위해, 더 이상 세상이 재미없고 희망도
없다고 마음 굳히지 않기 위해서.
서로 소통하고 조언하고 보듬어주는 따뜻한 세상, 첫 걸음이어서
아직 서투르더라도 토닥토닥 등을 두드려주며 격려하는 살맛나는
세상, 각자 조금씩만 더 노력해서 다함께 만들어 봅시다.
도전 좋아하세요?^^


구하여라, 받을 것이다.
찾아라, 얻을 것이다.
문을 두드려라, 열릴 것이다.

# 가을은 설레는 계절이다

왜냐하면 겨울과 봄, 여름을 지나면서 씨 뿌리고 키우고 가꾸어서 결과물을 수확하는 때이기 때문이다.

그러나 뿌린 만큼, 노력한 만큼 거두는 것이기에, 때에 맞춰 준비하지 않은 사람은 가을에 수확할 것도 추운 겨울에 편안히 먹을 것도 많지 않을 수 있다. 이른 봄부터 열심히 준비해 온 개미와 제멋대로 즐기기만 한 베짱이가 서로 다른 가을을 맞이할 수밖에 없는 것은 자명한 이치다. 또 자기 노력보다 더 많이 가진 사람은 자연히 내려놓기도 하며, 부당한 방법으로 모은 것은 토해내거나 부메랑이 되어 자기 뒤통수를 치기도 한다. 보통 가을은 곡식이 여물고 과실이 익어가는 풍요롭고 풍족한 계절, 단풍도 멋있고 유려한 계절로 보이지만 앞의 계절들을 알맞게 보내지 않았다면 오히려 가을과 겨울에 된서리를 맞을 가능성도 크다. 그래서 인과응보(因果應報), 사필귀정(事必歸正)이란 말이 당연하면서도 무서운 말이라 생각된다.

'신과 함께'란 영화를 보고 '사람들이 죽고 나서 저승에서 속속들이 평가받는다는 것을 미리 안다면, 이승에서 죄 짓지 않고 좀 더 착실하게 살아갈 텐데.'라는 생각이 들었다.

# 《오헨리 단편선》을 읽고

'크리스마스 선물', '마지막 잎새', '순경과 찬송가', '낙원에 들린 손님.' 100년도 더 된 오래전 이야기들이지만, 현재의 세상을 살고 있는 나에게도 많은 감화를 주었다. 모두 짤막한 분량의 내용이었지만, 인생이라는 어려운 굴레 속에서 인간의 고귀한 가치와 인과응보의 교훈을 일깨워주는 이채로운 소설이었다. 물질적 풍요와 다양한 욕구가 넘쳐나는 현대사회 속에서 내가 지향해야 할 길과 정신이 무엇인지 다시금 생각해보게 하는 훌륭한 내용들이었다.

요즘 사람들은 물질화 시대에 살면서 과학적인 분석과 눈에 보이는 증거를 요구하면서도 정신·정서적인 불안을 달래기 위해 종교적인 믿음도 버리지 않는 아이러니 속에 있다. 인간이 동물처럼 욕구 충족이나 물적 풍요에만 집착하며 살아갈 수도 있지만, 정말 왜 살아가는지, 어떻게 살아야 하는지에 대해 한 번 더 진지하게 고민하고 성찰하게 만드는 훌륭한 소설들이었다.

# 삶의 모순과 소피스트의 궤변

　요즘 사람들이 "조물주 위에 '건물주'가 있다."면서, 그들의 돈을 마르지 않는 샘물처럼 보고 건물주를 찬양한다. 물론 나도 한때 고층빌딩의 건물주를 마냥 부러워한 적도 있지만, 이제는 그런 생각의 허황됨을 안다. 돈이란 것이 인생을 살아가는 데 있어 필요한 재화를 살 수 있기 때문에 절대적으로 필요한 것은 부인할 수 없다. 그러나 돈에 집착하고 과도한 욕심을 부리는 것은 돈을 제대로 쓰지 못하고 돈의 노예로 전락하는 결과를 초래한다. "머니가 머니머니 해도 최고"라지만, 돈돈 하다가 한 방에 인생 종치는 수가 있다. 나도 돈이 자꾸 욕심나지만, 그래도 돈 때문에 돌고 싶지는 않다. 결국 돈도 사람이 필요해서 만든 수단인데, 요즘은 거꾸로 돈의 유무에 따라 사람을 평가하기도 해서 씁쓸하고 걱정된다.

　'소피스트의 궤변' 이야기 중 하나다. 앞에서 출발한 사람은 뒤에서 출발한 사람보다 항상 앞서 있다. 왜냐하면 뒤에 있는 사람이 오는 시간 동안 조금이라도 앞으로 나갈 수 있기 때문에 항상 그 격차를 뒤집을 수가 없다는 논리이다. 얼핏 들으면 사실일 것 같지만, 그것은 거리의 측면에서 볼 때만 맞는 얘기이고, 시간과 속도의 개념을 도입하면 더 이상 사실이 아니다. 건물주가 영원히

망하지 않을 것이라는 기대감도 소피스트의 궤변처럼 한 가지 측면에서만 사실이다. 그리고 건물주도 세입자를 구하고 건물을 관리하는 데 많은 공을 들이는 등 부담이 적지 않다.

개 꼬리가 몸통을 흔들고, 주와 부가 뒤바뀌지는 않았으면 좋겠다.

# 성(性)에 대한 인식과
# 인생의 아이러니 속에서 살아가기

성(性)은 성스럽고 고귀한 것이어야 하나, 현실을 보면 향락과 감정의 분출구로서 무분별하게 남용되는 것 같아 안타깝다. 매스미디어의 영향이 큰 데 반해 제대로 된 교육은 되지 않아 사태가 심각하다. 이런 세태를 바로잡기 위해서는 올바른 성의식과 정체성 확립이 무엇보다 필요하다. 나도 어려서 이런 것을 잘 모를 때에는 중요성을 잘 몰랐지만, 지금은 진실을 알고 본능대로 살지 않기 위해 노력하는 중이다. 현재의 아이들에게도 어른들이 이런 부분을 잘 교육해서 더 이상 왜곡되거나 묻히지 않았으면 좋겠다.

성 문제도 아주 중요하지만, 이뿐 아니라 삶의 다양한 아이러니 속에 중심을 잡는 것도 매우 중요하다. 왜냐하면 세상과 인생은 단 방향으로 설명하기 어려운 복잡함과 모순들이 내재해 있기 때문이다. 과거 주역은 점치는 학문이 아니었지만 그 때문에 진시황의 분서갱유(焚書坑儒)에서 살아남았다. 코로나바이러스도 아주 끔찍하고 암울한 현실을 만든 장본인이지만, 인간의 활동이 줄어든 만큼 지구가 살아났다고 한다. 중국의 공장 가동률이 떨어져 미세먼지가 별로 심각하지 않았고, 마스크 쓰기와 손 씻기를 잘하다 보니 감기와 독감 환자가 감소하는 반사 이익도 있었다.

'예수와 석가 중에서 누가 더 훌륭한 성인이냐?' 또는 '태권브이와 마징가제트가 싸우면 누가 이기냐?'처럼 인생을 단순 명쾌하게 볼 수 있는 사람은 어찌 보면 큰 어려움이나 고민 없이 인생을 살아갈 수 있을지도 모르겠다.

## 젖은 낙엽, 마른 수건

"젖은 낙엽처럼 바닥에 찰싹 달라붙어 있다."는 말이 있다. 아무리 고되고 힘들더라도 현재 주어진 상황이나 현실, 몸담고 있는 조직 등을 쉽게 포기하지 말고 붙들고 있으라는 얘기다. 화려한 이파리가 나뭇가지로부터 떨어져 비바람에 시달리고 사람 등의 발길에 눌리는 낙엽 신세가 되더라도 꾹 참아야 한다. 우리는 때로는 삶이라는 지평선에서 가혹한 현실을 인내하고 받아들여야 할 때가 있다. 그때 당시는 스스로의 처지가 더 이상 떨어질 곳이 없는 처참하고 불쌍한 것처럼 여겨지기도 하지만, 언젠가 낙엽이 말라 예쁜 표본이 될 수 있고, 아예 썩어서 새로운 나무나 꽃의 밑거름이 되어 새로운 잉태의 순간에 기여할 수도 있다. 조금 더 길게 보고 새로운 시각으로 상황을 맞이하면 좋겠다.

"마른 수건을 쥐어짜도 뭔가 나온다."는 말도 있다. 어떻게 이런 말이 생겼는지 정확히 모르겠으나, 별로 좋은 느낌은 들지 않는다. 마른 수건은 쥐어짜면 물기가 나오지 않는 것이 정상인데 사람은 예외로 가능하다는 얘기다. 그러나 사람의 상황이나 여건을 고려치 않고 계속 무리한 요구를 하면 결국 사람도 수건처럼 찢어져 너덜너덜해질 것이다. 처음에는 어떤 과제나 업무적인 아이디어를 요구하면 성과가 나올 수 있겠지만, 갈수록 새롭고 창의

적이지 않을 가능성이 크다. 수건이란 용도에 맞게 부드럽고 촉촉해야 한다. 마른 수건을 한도 없이 쥐어짜면 안 된다. 용수철도 무리하게 계속 잡아당기면 결국 주욱~ 늘어져 수명과 기능을 다하게 된다.

# 여행은 현실 도피다

요즘 사람들이 가장 좋아하는 것이 여행이 아닐까 싶다. 바쁘고 각박한 일상을 떠나 새로운 장소에서 새로운 사람과 문화, 음식을 맛볼 수 있는 기회. "여행은 계획 짤 때가 가장 즐겁다."는 말이 있을 정도로 그 자체로 가슴 설레게 하고, 힘들고 답답한 일상 속에서 참고 버티게 하는 힘을 주는 것이 사실이다.

그러나 요즘 사람들이 여행을 많이 가고 그렇게 좋아하는 데에는 그만큼 현실이 녹록지 않고 재미없다는 반증이기도 하다. 긴 여행, 정말 새로운 곳으로의 일탈은 나에게 새로움과 일깨움 등을 줄 수 있지만, 그것이 오히려 도움이 되지 못할 수도 있다. 여행이 너무 길어지면 돌아와서 오히려 혼돈만 있고 적응하는 데 시간이 걸릴 수 있다.

"왜 여행이 가고 싶은지?" 이유도 한번 생각해 보는 것이 좋다. 단순히 즐기러 가는 여행은 여흥과 추억이 생각보다 길지 않다. 스마트 폰 속의 메모리카드만 조금 더 차 있을 뿐.

요즘 사람들은 가장 단순한 것을 좋아한다. 먹는 방송이 대세이고 음악이나 여행을 통해서 힐링하는 프로그램도 장수하고 있다. 영화도 아주 유쾌하거나 선이 악을 제압하는 단순 명확한 주제의 영화가 흥행한다. 물론 디테일한 스토리나 주인공들의 심리도 중요하지만 말이다. 그만큼 세상이 복잡하고 혼란스러워서 사람들이 단순한 즐거움을 추구하는 것이 아닌가 하는 생각이 든다.

# 속옷과 양말을 꿰매다

　나는 아직 성하거나 쓸 만한 물건이 버려지는 것이 아깝다. 그래서 오늘 약간 뜯어진 속옷과 살짝 구멍 난 양말을 꿰매보았다. 처음에는 이런 작은 것들을 꿰매어 목숨을 연명하는 것이 귀찮기도 했고 조금 구차해 보이는 것 같았지만, 다 하고 나니 아깝던 것들을 더 쓸 수 있어 마음이 흐뭇했다. 요즘 세상은 물건을 너무 쉽게 만들어 쓴 후 획 하고 버리는 게 일상이 되어버렸다.

　휴대폰, 컴퓨터, 옷, 애들 장난감 등등 주변을 보면 흔하지만 처음 살 때는 가격이 만만치 않은 품목들이 많다. 나같이 아까워하는 누군가가 이런 물건들에 다시 생명을 불어넣어 재활용하는 업체들을 많이 만들어냈으면 좋겠다. 아니면 같은 아파트 단지 내에서라도 서로 바꿔 쓰고 나눠 써도 좋을 것이다. 물건도 살리고, 지구도 살리고.

# 세상에서 가장 불필요한 논쟁

요즘 뉴스를 보다보면 참 답답하기 그지없다.

"닭이 먼저냐, 달걀이 먼저냐."를 두고 싸우기 일쑤다. 내가 보기엔 이게 맞는데, 당신은 왜 그렇게 주장하느냐면서 조금도 양보하려 들지 않는다. 특히 정치권에서는 대타협이나 협치를 눈꼽만큼도 찾아보기 힘들다. 모두 "나 아니면 안 돼." 식이다. 물론 나도 그렇고 사람이면 보통 자기 위주로 생각을 하게 되어 있지만, 해도 해도 너무한 것 같다.

바다에 사는 사람은 해가 바다에서 떠서 바다로 진다고 할 것이고, 산골짜기에 사는 사람은 산에서 해가 떠서 산으로 진다고 할 것이다. 코끼리 코만 만져본 장님은 코끼리를 코 모양으로 그릴 것이고, 다리를 만져본 장님은 다리 모양으로 그릴 것이다. 둘 다 코끼리는 맞지만, 전체로서는 둘 다 아니다. 자꾸 틀리다고 지적만 할 것이 아니라, 다른 부분도 좀 받아들여 종합적으로 생각해 보았으면 한다. 다름을 인정하고 중도, 관용의 정신을 발휘해 보았으면 좋겠다.

# '내로남불'

내가 하면 로맨스고, 남이 하면 불륜이다.

아파트 사기 전에는 정부가 왜 집값을 못 잡나 하고 불만이지만, 사고 나면 담합이라도 해서 집값이 떨어지지 않았으면 하는 생각까지 해 본다. 어떤 지역에 혐오시설이 입주하는 것을 반대하는 뉴스를 보면 '님비'라고 혀를 찰지 모르지만, 내 집 앞에 들어온다 하면 머리띠를 두르고 플래카드를 내걸며 거리로 나갈지도 모른다. 유리한 관점에서만 보고 생각하고 싶은 것이 에고 중심적인 인간에게는 어쩌면 당연한 말인지도 모르겠다. 남에게 적용할 때에는 공격과 문제 제기의 소재로 삼지만, 동일한 사안도 자기에게는 어쩔 수 없는 당연한 처사로 너무나도 관대하게 받아들인다.

물론 어떤 행동을 하게 된 최초 발로는 아주 좋은 취지에서였을지 모른다. 그러나 시간이 지나면서 그 초심을 잊었거나 환경에 의해 변질되었을지도 모르겠다. 다른 사람의 왜곡·변질되지 않은 최초의 훌륭한 마음까지 이해하고 상기시킬 수 있는 성인을 이 사회에서 기대하는 건 과도한 욕심일 것이다.

대의 정치를 표방하면서 뒷돈 챙기기나 부동산 투기, 채용 청탁 등을 일삼고, 깨끗하고 공명정대한 지식인을 표방하면서 자기 자식은 꼭 미국에 유학이라도 보내서 어떻게든 입신양명시키려 하는 사람들이 있다. 견강부회(牽強附會), 아전인수(我田引水), 표리부동(表裏不同)이 서서히 사라지는 시대로 흘러갔으면 좋겠다. 그들에게 이렇게 말하고 싶다. "아프냐? 남들도 아프다. 좋으냐? 나도 좋고 싶다."

# 비슷한 사람, 다른 사람

비슷한 사람은 편안함과 안정감을 주지만, 자주 보면 지루하고 오래 보면 식상할 수 있다. 나와 다른 사람에게는 금방 매력을 느끼지만, 갑자기 전혀 이해되지 않는 행동을 하거나 사소한 일에서도 의견이 다를 수 있다.

이에 대해 곰곰이 생각해보면 세상 모든 것이 일장일단이 있고, 모든 사람이 자신과 성향이 비슷하거나 다른 사람을 번갈아가며 만나게 되어 있다. 정작 중요한 것은 내가 타인에 대해 싫어하는 모습이 알고 보면 내 안에도 어느 정도 있다는 것이다. 그래서 남을 먼저 탓하기 전에 내 스스로 반성해야 할 필요를 느낀다.

부부라는 존재도 마찬가지가 아닌가 싶다. 서로 다른 사람이 만나 사랑하고 행복과 평화라는 같은 목표를 위해 살아가지만, 때로는 가장 아끼고 사랑하는 사람에게 큰 상처를 주기도 한다. 부부지간은 어차피 '칼로 물 베기'라 하지만, 서로 조심해야 할 부분이 있다. 가까운 사이일수록 상처 주는 데는 몇 초 안 걸리지만, 그것을 치유하는 데에는 몇 년이 더 걸릴 수도 있는 것이다. 서로 표현하는 방법을 모르고, 서로 용서하는 방법을 잘 모른다면 말이다.

어차피 두 사람의 관계에서 편안함과 안정감, 매력과 공감대까지 모두 다 잘 맞는 것은 불가능하다. 다만 서로 이해하고 양보하며 잘 맞춰갈 뿐이다. 결국 비슷한 사람, 다른 사람도 다 어울리며 잘 살아가야 하는 것이 인생이란 생각이 든다.

# '관종'의 당연함과 '악플러'의 못된 심리

'관종'이란 관심을 과도하게 많이 받고 싶어 하는 사람을 의미하는 은어다. '관심병'이라고도 하며, 너무 유별나다고 해서 보통 사람들이 싫어한다는 뜻이 내포되어 있다. 하지만 사람으로 태어나서 다른 사람의 관심과 사랑을 받고 싶어 하는 것은 어찌 보면 당연하지 않은가 싶다. 온라인 댓글에서 취급하는 것처럼 너무 나쁘게만 보고 싶지 않다.

반면 '악플러'는 자신이 드러나지 않는 익명성 속에서 시기나 질투의 감정을 전가하는 아주 좋지 않은 사회적인 현상이라 생각한다. 욕구 분출이나 스트레스 해소를 통한 자신에 대한 과도한 보상심리나 자기 합리화가 작용한 것으로 보인다.

우리 국민 누구나 최고의 성군이자 위인으로 인정하는 세종대왕을 욕하는 사람은 아무도 없다. 그러나 세종대왕이 현대의 온라인 세상에 살고 있다면, 아마 그분도 "여성 편력에 괴팍한 천재"라는 '악플'에 시달릴지도 모르겠다는 한심한 걱정을 해 본다.

# 세상은 요지경

내가 한 차선을 잘 주행하고 있는데 옆에서 치고 들어오면 조금 화가 난다. 그 사람이 좀 얌체 같기도 하고, 잘 나가고 있는 나의 흐름을 방해한 것 같은 기분도 든다. 그러나 나의 급한 성격이나 운전 스타일을 생각해 보면, 다른 사람들도 나를 보면서 역시나 같은 생각을 할 것이다. 그래서 역지사지(易地思之)를 하면서 되도록 열 받지 않고 양보하며 운전해야겠다고, 세상사는 것도 그렇게 하자고 다짐해 보지만, 생각처럼 쉽지는 않다.

운전을 하다가 교통사고를 목격하면, 다친 사람보다 차 막히는 것이 먼저 걱정된다. 참으로 큰일이다. 넙치를 보면 생명의 오묘함이나 생김생김의 특이함을 보는 것이 아니라, 내 입에 들어오는 광어회가 먼저 생각난다.

뜬금없이 이런 생각을 해 본다. 모든 것이 잘 풀리는 행복한 생활 중에 갑자기 들이닥친 어려움이 더 클까? 아니면 모든 것이 어려운 상황 속에서 살살 불어오는 작은 행복이 더 클까? 아마도 그것은 그 사람의 마음가짐과 세상을 바라보는 가치관 등에 달려 있을 것이다. 어쨌든 나도 그렇고 내가 속한 세상도 참 요지경이다.

# 미세먼지가 점점 더 심해지면

최근에는 '삼한사온'이란 말 대신 '삼한사미'란 말이 생겼다.

공기로 호흡하는 인간들에게 미세먼지와 초미세먼지는 치명적이다. 먹는 음식물이나 마시는 물이 오염되는 것 이상으로 생명과 직결되기 때문이다.

이에 대처하려면 원시사회로 회귀하거나 초대형 정화기를 개발해야 한다. 아니면 개별적으로 모두 인공호흡기를 달고 다니거나 체내 유입된 먼지를 다시 몸 밖으로 배출해 내는 시스템을 갖춰야 한다.

과연 어떤 방법이 효율적이고 실현 가능한지는 생각해 봐야겠지만, 분명 어떤 식으로든 대책이 필요할 것이다. 관련 기술이 차차 나오겠지만, 그 길까지 가는 데에는 많은 고통과 희생이 뒤따를 수도 있다.

# 걱정의 위력

심리학자 어니 젤린스키는 이렇게 말했다. 걱정의 40%는 절대 현실로 일어나지 않는 것이며, 30%는 이미 일어난 일에 대한 것이다. 22%는 사소한 고민이며, 4%는 우리 힘으로 어쩔 도리가 없는 일이라 하였다.

가만히 살펴보면 했던 걱정을 또 하는 경우도 많다. "걱정을 해서 걱정이 사라지면 걱정이 없겠네."라는 속담처럼, 유비무환(有備無患)의 정신은 좋지만 꼬리에 꼬리를 무는 쓸데없는 걱정과 상심에 몸과 마음의 기운이 상하고 시간이 소모되고 있는 것은 아닌가 자문해 봐야 한다.

걱정이 지나치게 많을 때에는 마음을 비우기 위해 노력하고 운동 등으로 걱정이나 고민을 덜어낼 수 있는 지혜가 필요하다. 미래에 대한 지나친 불안이나 과도한 근심은 과거에 대한 반복적인 후회와 함께 인생의 시간과 에너지를 허비하는 암적인 존재이다. 사람이 걱정하는 것은 당연하지만, 그것이 과하거나 계속 옆길로 가지를 치지 않도록 단속해야 한다.

# 임계점

'깨진 유리창의 법칙'과 '노아의 방주 이야기'는 안 좋은 것이 쌓여서 둘러싸고 있는 환경이 무너지는 것이다. 물론 처음에 호미로 막을 것을 나중에 가래로 막을 수도 있겠지만, 자칫 임계점을 넘으면 그간의 노력이나 결과물이 단번에 물거품이 될 수 있다.

반면, 개인에게 있어 좋은 에너지나 경험, 선행 등이 쌓이고 쌓여 한 번의 기회에 크게 성장하거나 사회적 성취를 얻는다는 의미의 좋은 경우도 있다. 그간의 지속적인 노력과 실천적인 태도가 포텐셜 수준을 넘어 누구나 인정하는 능력자로 인정받을 수 있게 된다.

현대 사회를 보면 힘의 세계관이나 물질론적인 가치관이 대세로 자리 잡고 있는 듯하다. 그러나 이런 상태로 계속 나아간다면 기후 이변이나 환경 재앙, 집단 간 갈등과 전쟁 등 여러 사례를 종합해 볼 때, 전 지구적 관점에서 임계점에 다다르는 사태를 피할 수 없을 것으로 보인다. 사회 곳곳에서 도덕성을 갖춘 능력자들이 나와 세상을 현명하게 이끌어 나갔으면 좋겠다.

# 인간의 어리석음

사람은 현재를 산다. 그러나 미래만 바라보다 현재를 충분히 즐기지 못하거나 과거의 상처나 후회 때문에 현재를 구속하기도 한다. 어릴 때는 그 시절이 지루하고 유치하다며 빨리 어른이 되고 싶어 하고, 커서는 사회생활의 복잡함과 부담감을 호소하며 다시 어린 시절로 돌아가고 싶어 한다.

돈을 벌고 가족을 건사하기 위해 자신의 건강을 해치고 가족까지 소홀히 하며 일하지만, 나중에 건강이 손상되어 모아놓은 돈을 치료와 연명에 다 소진해 버리거나 평소 챙기지 못한 가족이 떠나가기도 한다. 그때는 돈으로 다시 회복하려 해도 늦는다.

나는 나로서 태어나 내 안위를 위해 살아가면서도 타인과의 비교·경쟁심 때문에 공허함을 느끼거나 힘들어 한다. 남들이 나를 사랑하고 인정해주지 않는다고 상처받으면서, 자신을 스스로 사랑하고 인정하는 법은 잘 모른다.

그래서 이제는 '아모르파티'란 말처럼 살아가려고 노력할 것이다. 내 자신의 운명과 타고난 본성을 받아들이고 있는 그대로 사랑할 것이다. 또 미래도 과거도 아닌 '바로 지금'을 느끼며 그 순간 그 자리에 충실할 것이다. 더 이상 어리석게 살고 싶지 않다.

# 몸과 마음 중 무엇이 더 중요할까?

"건강한 육체에 건전한 정신이 깃든다."는 말처럼 사람은 육체적인 건강이 나빠지면 정신력도 따라서 약해진다. '화병'이 생기는 것처럼 심적인 부분을 잘 다스리지 못해서 육체적인 문제가 생기기도 한다. 그래서 그 두 부분을 동시에 다 잘 관리해야 진정으로 건강해질 수 있다.

한편, 반대로 해석할 수도 있다. 몸을 잘 관리하면서 정신력과 의지가 강해지기도 하며, 내적인 부분을 잘 다스리면서 몸이 저절로 좋아지기도 한다. 또 어떤 사람들은 몸과 마음보다 영적인 것을 추구하지만, 그래도 건강한 사람들도 있다. 과연 어떤 부분이 가장 중요할까?

내가 좋아했던 '스타크래프트'란 고전 게임에서 이런 생각을 해본다. 그 게임에는 세 종족이 나오는데, 종족 간 밸런스를 보면 가히 환상적이다. 게이머가 한 종족의 특성을 얼마나 잘 이해하여 전략을 짜고 컨트롤을 하느냐에 따라 승부가 나지만, 어느 한 종족만 특별히 우세하지 않고 전체적인 조합과 균형이 아주 뛰어나다. 물론 게임이긴 하지만 '어떻게 사람이 이렇게 완벽에 가까울 정도로 게임을 만들었을까?'라는 의문이 생길 정도로 잘 만든 게임이다.

인간의 삶을 게임에 빗대 얘기하는 게 좀 우습지만, 이 게임처럼 인간이 참 건강을 찾기 위해서는 육체적·정신적·영적 균형이 잘 맞는 것이 중요하지 않을까 해서 쓸데없는 잡담을 꺼내보았다.

## 중도의 지혜

　우리나라 사람들은 감정적인 성향이 강해 어떤 사람이나 현상의 앞뒤를 고루 보지 않고 더 부각되는 쪽만 과하게 볼 때가 많다. 최근 코로나 사태가 국민 모두에게 큰 어려움을 주었지만, 반면 어려운 사람을 먼저 돕고 사회를 하나로 뭉치게 한 긍정적인 측면도 있다고 본다. 코로나 때문에 '마스크 대란'이 있었지만 차츰 합리적인 배분법이 마련되었고, 무리하게 학교를 개학하지 않고 학사·수능 일정을 유동적으로 조정했다. 다소 비합리적이라 생각됐던 음주단속이 실제 운전능력을 검사하는 방법으로 대체되는 등 사회에서 유연하고 합리적으로 변화하는 모습에 조금 다행스럽게 생각됐다.

　'뜻이 있는 곳에 길이 있다.'는 소신에 취해 남들 신경 안 쓰고 내 마음대로 활보하던 시절이 있었다. 그러나 길이 있다고 해서 무리해서 막 가다가 중간에 탈진하거나 길을 잃고 헤매다가 그만 포기한 경우가 많았다. 그래서 중용의 의미를 알고 중도의 길을 가는 것이 중요하다는 것을 안다. 간절히 원하고 노력하다 보면 언젠가 이루어지는 때가 있기 때문에 너무 서두를 필요가 없었다. 그렇다고 너무 신중해 결정을 미루기만 하다가 때를 놓쳐서도 안 된다.

미래의 큰 줄거리는 이미 결정돼 있을 수 있지만, 더 중요한 것은 작은 부분일 수 있다. 영화 '엣지 오브 투모로우'나 '사랑의 블랙홀'을 보면 매일 똑같은 일상이 반복되는 것 같지만, 아주 조금의 차이와 변화가 있고 결국에는 결론이 뒤바뀐다. '중도'의 길을 간다는 것, 참 어려운 일이지만 차근차근 도전해 보고 싶다.

# 노블레스 오블리주

역사를 보면, 세상은 돈과 권력 중심으로 흘러왔다. 경제활동의 근간을 이루는 재화는 보통 서민의 생산 능력에서 나오는데, 그것은 국가의 법과 제도를 통해 보호되고 세금을 통해 분배된다. 법과 제도를 정비하여 분배하고 조정하더라도 개인의 제조·개발·판매 능력에 따라 사유재산에 차이가 생기게 마련이며, 능력자들은 자신의 재화 유지를 위해 관료들과 공생관계를 형성하기도 한다. 이것은 시대를 불문한 인간의 기본 속성이다. 또한 노동자, 서민 계급의 투쟁도 인간의 시기·질투와 상대적인 박탈감에 기인하는, 당연한 것으로 볼 수 있다. 이때 양단간의 현실적인 대립성을 깨고 이들 계층이 공존할 수 있는 대안이 '노블레스 오블리주'라 생각한다.

"내가 대접받고 싶은 대로 남을 대하라."는 말이 있다. 이제 돈이 많고 지위와 권력이 있다 해서 남에게 막 대하는 시대는 지났다. 내가 중요한 만큼 다른 사람의 인격과 가치도 존중해야 한다. 또 사람의 생명이 고귀하면 가축이나 작은 미물의 생명의 귀함도 알아야 한다. 큰 것이 중하다 하여 작은 것들의 소중함을 모른다면, 우주 속 인과율에 따라 자신도 더 큰 존재에 의해 언제 처리될지 모른다. 최근 어려운 상황에서 대기업들의 통 큰 기부나 건물주들의 착한 임대료 운동, 예전 연예인들의 아이스버킷 챌린지 등이 사회에 선한 영향력을 발휘하는 모습을 보면서 그래도 안도의 한숨이 나왔다. 나중에 이런 이들은 사고를 좀 치더라도 면죄까지는 어렵겠지만 정상참작이라도 해주고 싶은 게 인지상정(人之常情)이다.

# 진인사 대천명(盡人事 待天命)

사람으로서 할 바를 다 하고, 하늘의 명을 기다린다.

사람이 올바른 마음을 갖고 매사 임하면 스스로 좋은 기운을 만들어 순간순간 최선을 다할 수 있는 능력을 갖추게 된다. 그러면서 몸에 좋은 습관을 들이고 긍정적인 삶의 태도를 만들 수 있다. "하늘은 스스로 돕는 자를 돕는다."라고 하였는데, 이는 외부의 근원적인 존재가 열심히 사는 사람을 돕는다는 신비적인 해석도 되지만 끌어당김의 법칙에 의해서 자기에게 맞는 환경이 조금씩 다가온다는 물리적인 해석도 가능하다.

물론 중간 중간 장애물과 시련도 만날 수 있지만, 그것도 개인이 성장하고 큰 결실로 나아가기 위한 일련의 과정으로 볼 수 있다. 그렇게 간절히 원하고 한걸음 한걸음 노력하다 보면 종국에는 하늘이 응답해 주는 때가 오는 것이다. 그게 바로 '삶의 시크릿'이자 '우주의 동종에너지 법칙'이다.

더 나아가 이런 생각까지 해 본다.

큰 계획은 하늘에서 구상하고, 실제 그렇게 만드는 것은 그 뜻을 아는 인간이 담당하는 것이다. 최근 주변에 뜻을 같이 할 수 있는 좋은 분들과 능력있는 분들이 눈에 띄기 시작한다. 나만 제대로 준비가 된다면 그들과 함께 어떤 거창한 일이라도 이루어낼 수 있을 것 같은 생각이 든다. 앞으로 최선을 다해 나 자신을 갖추고 길을 닦아 놓아야겠다.

# 진실과 진리

진실은 어떤 한 사람이 판단하는 기준이자 보편적인 상식이다. 물론 사회적 통념이란 것이 있지만, 다른 사람이 그 사람의 기준을 틀렸다고 무조건 뭐라 할 수 없는 부분이다.

반면, 진리라는 말은 이 세상 어디에나 통용되는 것으로서 한 사람의 좁은 견해나 잣대, 이해관계 등에 흔들리지 않는다.

나는 나만 받아들이는 진실을 떠나 진리에 한걸음 다가서고 싶다. 나와 남, 세상을 구분하지 않고 하나로 묶는 그 어떤 규칙들을 알고 실천하며 사는 것이 나의 목표이다. 그리고 《어린 왕자》 이야기에 나오는 것처럼 이 세상이나 타인을 억지로 바꾸려 하지 않고, 나 자신을 바꾸어 세상과 함께 살아가고 싶다.

## 《그리스도의 편지》

이 책을 인생의 가장 힘든 시기에 접했다. 그 당시에 나는 뚜렷한 이유 없이 극심한 슬럼프에 빠졌고, 어찌 할 바를 몰랐다. 그리고 주변의 어느 누구도 내가 왜 그렇게 힘들어 하는지 정확히 이해하지 못했다. 그러던 찰나에 존경하는 분으로부터 이 책을 소개받게 되었고, 찬찬히 이 책을 읽어나가며 마음으로 순응하는 법을 배워나갔다. 기독교적 배경지식이 전혀 없었던 나였지만, 엄청난 진리에 깜짝 놀라기도 했고 영감을 받거나 카타르시스가 느껴지기도 했다. 그렇게 정서적으로 순화하며 어려운 시기를 견디어 냈다. 물론 침체기가 일시에 금방 지나가지는 않았지만, 내적인 힘을 조금씩 키워나갔고 그리고 성장했다. 이후로 힘든 순간이 올 때마다 그 책으로 손을 뻗는다.

그를 바탕으로 몇 년간의 고난기를 극복하였고, 이후로 나는 사랑하는 사람에게, 삶이 조금 힘들어 보이는 사람에게, 영혼이 맑고 깨끗한 사람에게 이 책을 선물하거나 권하기도 했다. 예수의 근원적인 사랑과 깨달음을 통해 나의 영혼의 목마름과 태초의 신비에 대해 알게 해준 너무나도 고귀한 책이다. 이 책을 나에게 선물해 준 그분께 깊은 감사의 마음을 전하고 싶다.

# '복면가왕'의 위대한 탄생

'슈퍼스타 K'와 '위대한 탄생' 같은 초창기 오디션 음악프로그램들을 재미있게 봤었다. 또 '나는 가수다'와 '복면가왕'도 좋아했다. 오디션 프로그램들은 음악적 잠재력과 사연이 있는 일반인들을 선발하여 미션을 부여하고 재능을 키워나가는 과정이 흥미로웠다. '나가수'는 최고의 가창력을 가진 프로가수들의 혼을 담은 열창과 신선한 선곡방식이 흡입력 있었다. '복면가왕'은 가면으로 가린 궁금증 속에서 계급장을 떼고 현장 평가로만 우열을 가리고 중간 중간 패널과 관객 사이의 소통과 교감이 이루어진 점이 좋았다. 그러나 요즘은 비슷한 방식의 프로그램들이 계속돼 다소 식상하고 흥미가 반감된 면이 있다.

그러다 새로운 스타일의 음악 경연 프로그램이 생기면 어떨까 하는 혼자만의 생각도 해 보았다.

노래를 부르는 주인공은 가수가 아닌 일반인으로, 기존처럼 프로 못지않게 노래 잘 부르는 아마추어를 발굴하는 것에만 초점을 맞추지 않고, 노래를 통한 참가자의 인생 역정을 소개하고 애환을 보듬는 데 주안을 두는 것이다. 물론 노래실력도 웬만큼 있어야겠지만 그뿐 아니라 삶의 진정성과 노래발전 가능성까지 평가하는 것이다. 그들을 대상으로 베테랑 가수가 멘토이자 심사위원으로 참여하여 참가자들의 노래를 조련하고 자신의 노하우를 전달한다.

　우리나라에 가수로서의 재능과 꿈, 인생의 사연이 있는 사람들에게 새로운 이정표가 될 수 있는 그런 프로그램이 생기면 좋겠다.

## 후회와 덧칠하기

　우리는 보통 어떤 일을 시작도 못했거나 잘못 했을 때 후회를 한다. 그렇지만 한 번의 후회는 다음번에 더 잘하기 위한 전철이 될 수 있겠지만, 그 이상은 도움이 되지 않는다.

　마치 어릴 적에 볼펜이나 붓으로 글자를 쓰다가 더 잘 쓰려고 막 덧칠을 하다보면 계속해서 글씨가 망가지고 더 이상 예뻐지지 않는 것처럼 말이다. 물론 연필로 쓴다면 지우고 다시 쓸 수 있지만, 한번 지나간 인생은 연필처럼 새롭게 되쓸 수 없다. 아예 새로운 종이에 새롭게 시도하는 것이 나을 수 있다.

# '참나' 찾기

조금 전 스쳐지나간 바람에 연연하지 않는 나. 맨발로 흙바닥을 밟으며 그 느낌을 오롯이 즐기는 나. 지금 어떤 일로 짜증이나 화가 많이 난 기분을 느끼는 나. 순간순간 지나가는 감정이나 기억에 매몰되지 않고 계속 나를 생각하는 나. 이것이 바로 '참나'이다.

아리랑 가사에 "나를 버리고 가시는 님은 십리도 못가서 발병이 난다."고 했다. 참나를 찾는 것이 어렵지만은 어떻게 보면 가장 쉬운 일이고 당연한 일일 수도 있다.

"늘 깨어 있으라. 지금 당장 가슴이 하고 싶은 것을 하라." 스스로에게 수없이 되뇌는 주문이다. 원래 몰랐던 것을 아는 것이 아닌, 원래 알고 갖고 있었던 것을 깨우치고자 한다.

과거의 행복한 순간도 미래의 훌륭한 계획도 지금 이 순간을 즐기는 데에는 공상과 잡념, 훼방꾼이 된다. 지금 이 순간을 완전히 느끼며 집중할 수 있을 때 비로소 인생은 온전히 내 것이 될 것이다. 그것이 바로 인생을 진짜로 사는 비결이다. 그것이 바로 참나이지 않을까 싶다. "참나, 별 것도 아니네."

## 일상에서 좋아하는 순간들

　새벽 출근을 하면서 바라보는 별빛엔 영롱함이 있다. 은은한 달은 그 모습을 바꾸면서도 온화함과 푸근함을 느끼게 한다. 아침에 떠오르는 일출에 장엄함과 함께 무엇이든 할 수 있다는 자신감이 생긴다. 더운 한낮에 피부에 와 닿는 청명한 바람은 맑은 생기와 청량감을 준다.

　까치의 우는 소리를 들으면 자꾸 좋은 일이 생길 것만 같다. 까치의 영롱한 빛깔들이 좋고, 그네들끼리 깍깍 하며 정겹게 노는 것 같은 소리가 좋다. 예전에는 반가운 소식이나 손님을 기대하다가 실망하기도 했지만, 이젠 그저 반가운 일이 생길 것 같은 느낌만으로도 좋다. 짹짹이 참새나 우악스럽지만 영험해 보이는 까마귀도 싫지 않다.

　물론 내 주변의 사람들이 나를 인정해 줄 때 삶의 보람과 가치를 느끼지만, 위대한 자연이 나를 보듬어 줄 때 느끼는 삶의 평온함과 생명력에는 비할 바가 못 된다. 우주가 나를 어딘가로 이끌어준다는 느낌이 든다. 마치 영화 '맨인블랙 인터내셔널'의 "우주가 나를 적절한 때와 공간으로 이끈다."는 대사처럼 말이다. 어쩌면 내가 지금 살아가고 있는 이 순간과 공간은 알고 보면 내가 살아가는 이유 그 자체가 될 지도 모르겠다.

# 각자도생(各自圖生)

인생은 조용히 혼자 와서 혼자 가는 거라고 말하지만, 난 그래도 사람과 함께 하는 것이 좋다. 나도 예전에 세상사는 게 다 덧없어 머리 깎고 산으로 들어가고 싶었을 때도 있었지만, 그래도 사회에서 어떤 이유와 목적을 갖고 살아가길 잘 했다는 생각이 든다.

최근 유행했던 '각자도생'이란 사자성어가 서로 도움이 되기 힘든 상황에서 제각기 자기 살길을 도모한다는 뜻이겠지만, 이것도 조금 불편하다는 생각이 든다. 묵묵히 자기 길을 닦아나가는 것이 멋있고 훌륭해 보이지만, 어쩌면 이 사회와 주변을 소홀히 한 채 자기 갈 길만 챙긴다는 의미로 받아들여졌기 때문이다.

요즘처럼 복잡다단하고 변화가 빠른 시대에 다 같이 변화를 따라잡는 것이 조금 어려울 수는 있지만, 혼자 뿔뿔이 살아가다 보면 좌충우돌 모두 길을 잃고 헤맬 수 있다. "뭉치면 살고, 흩어지면 죽는다."는 조금 철 지난 말도 좋지만, 이제는 제 갈 길을 알아서 가되 한 방향을 바라보고 같이 뛰었으면 좋겠다. 그러다 주변에 힘든 사람이 보이면 물도 주고 등도 토닥여 주면서 말이다.

# 수행하는 데 마(魔)가 끼지 않으면

수행에 자만심이 생기기 마련이며, 제대로 된 수련이 되지 않는다.

여기서 마란 부정적인 일이나 방해하는 기운 등을 말한다.

"수행과 수련을 하는 사람들은 자신의 삶에 마가 없기를 바라지 말라."고 하는 선지자의 옛말처럼, 인생을 살아가면서 실패와 장애를 겪더라도 현명하게 생각하고 슬기롭게 대처할 수 있게끔 더 분발해야겠다.

## 편안함과 부담감, 깨어있음

    사람은 뭔가 이루고자 하는 목표가 있을 때 열심히 생활한다.

    그러나 그에 대한 지나친 부담과 강박은 자신을 지치게 한다.

    그래서 목표를 향해 나아가되 중간중간 잘 쉬어야 하고,
순간순간을 즐기되 거기에 너무 빠지거나 집착하면 안 된다.

    그저 지금 내가 맞이하는 이 찰나의 시간이 다시는 오지 않을
것임을 알고 깨어 있으려 노력해야 한다.

    후회하는 순간에도 시간은 계속 흘러가고 있다.

# 좋은 습관이 나를 만든다

사람은 반복되면서도 변화무쌍한 일상 속에서 자신의 생활 습관에 따라 살아가게 된다. 현재의 사고방식과 생활 습관은 자신도 모르는 사이에 자신의 현재를 결정하고 미래 패턴을 만들어 나가지만, 정작 바쁜 일상에 쫓겨 살아가다 보면 어떻게 하루가 흘렀는지조차 잘 모를 때가 많다. 그래서 난 아침에 일어나 하루를 계획하고 잠들기 전 시간에 하루를 되돌아보려고 노력한다. 그렇게 하는 것이 내 삶을 새롭게 하는 데 도움이 되는 것 같아 아예 습관으로 만들기 위해 애를 쓰고 있다.

영화 '킹스맨'을 보면서 "Manners maketh man."이란 대사가 뇌리에 남았다. 과거의 행실과 몸속에 남은 습관이 현재의 나를 결정하지만, 미래의 모습과 운명을 바꿀 수 있는 것은 현재의 습관과 태도뿐이다. 그리고 영국 신사처럼 남에 대한 친절과 배려는 다른 어떤 것보다 훌륭한 매너라고 생각한다.

또다시 겨울이 오나? 이제 채비를 해야겠다.

# [겨울]

편안한 휴식이 도래하고, 힘을 빼고 나와 주변을 살피는 시간이다.

## 때가 되면 나타나는 현상들

지금 나를 이해하는 사람이 아무도 없다면, 그것은 다른 사람이 아닌 자신이 스스로를 이해해야 하는 순간이다.

지금 나를 도와주는 사람이 없다면, 무엇을 도모할 때가 아니라 홀로 충분히 쉬거나 내적으로 준비하라는 신호이다.

지금 이 세상과 신이 나를 버린 것 같다고 생각한다면, 시간을 갖고 응답을 충분히 기다리지 못했거나 절대자에게 마음을 완전히 열고 도움을 간절히 구하지 않은 것이다.

나 스스로 잘 관찰하며 느껴보자.

항상 몸과 마음이 그대로인지, 때와 장소에 따라 무엇이 달라지는지.

나와 자연, 사회와 우주는 은밀히 그리고 세밀하게 연결되어 있다.

외롭다고 생각하지 말자.

때가 되면 나를 돕고 이해해 줄 사람이 반드시 나타나게 돼 있다. 뜻이 있는 곳에 길이 있다.

그리고 삶이 주는 시련과 고통, 막막함 속에도 교훈과 보탬이

있다. 우주가 돌아가는 원리에는 순리와 조화가 있다. 모든 것이
다 있다.

# 데쓰 버킷리스트

'버킷리스트'라는 말이 언제부터인가 유행하고 있다. 정해놓은 목표를 달성하는 것은 보람뿐만 아니라, 바쁜 일상 중에서 생활의 원동력이 되고 삶의 윤활유가 된다. 특히 내가 한 달쯤 뒤에 죽는 다고 가정을 한다면, 그 전에 무엇을 할지 정말 고민이 될 것이다. 뚜렷한 삶의 목적이 없더라도 남은 기간 최소한 어떤 식으로 살아 가야 할지 고민이 들 것이다. 만약 나에게 100억 원짜리 현금카 드가 주어지는데, 카드의 유효기간이 딱 한 달이라면 그 돈으로 과연 무엇을 할까?

일상이 너무나 무료하고 재미없고 매일 의미 없게 보낸다는 생 각이 들 때는 '데쓰 버킷리스트'를 생각해 보자. 삶은 생각처럼 무 한하지 않다.

# 슬기로운 바이러스 생활

점점 더 무서운 변종 바이러스가 우리 주위로 가까이 다가오고 있다. 언제까지 마스크 쓰고 손만 씻고 다녀야 하는지 조금 답답하다. 치료제나 백신이 나와도 또 새로운 바이러스가 출현할지 모른다. 예전에 흙을 파먹은 사람들은 체내에 많은 바이러스와 항체가 생겼다고 들은 기억이 난다. 무조건 두려워해서 가리고 차단만 할 것이 아니라 약한 것들에는 자연스럽게 노출하면서 대응력을 강화해야 할 것이다. 예방 백신도 맞고 자가 면역력을 높이기 위해 운동이나 수련도 해야 할 것이다. 자기 몸에 맞는 음식도 잘 섭취해야 하며, 스트레스를 줄이고 잠도 잘 자야 할 것이다. 아주 단순하고 쉬운 것들이지만 생각보다 쉽지 않다. 자연으로 돌아가서 원시적으로 사는 것도 한 방법이라 생각된다.

코로나로 죽으나 굶어죽으나 이러나저러나 다 마찬가지라며 막나가는 사람들이 있다. 나는 죽더라도 구원받을 거라며 다른 사람에게 막 전파하는 사람들도 있다. 인생은 어차피 '도긴개긴, 오십보백보'라고 생각할 수 있지만, 죽고나보면 그렇지 않을 것 같은 강한 직관이 든다. 잘 살다 잘 죽어야지 편하게 눈 감을 수 있을 것이다. 주변에 살아남은 이들에게도 볼 면목이 있을 것이다.

# 개그맨 이승윤이 말하는 건강비결 세 가지

'세바시'란 프로그램에서 말한 자연인들의 건강비결 세 가지는,

첫째, 나에게 편하고 행복한 장소를 찾아라.

둘째, 몸을 조금이라도 더 움직여라. 일시불보다는 평생 할부가 좋다.

셋째, 더하기 말고 **빼기**를 하라.

공감 가는 부분이 많아 적어보았다.

나의 경우는 힘들고 답답할 때 나만의 공간을 찾는다. 그것이 힘들 때엔 그 자리에서 눈을 감고 편안한 호흡이나 상상을 한다. 그리고 가장 부작용이 적은 평생 운동을 찾아서 가급적 매일 하려고 하고 있으며, 내 몸과 마음에 좋지 않은 습관들을 하지 않기 위해 더디지만 조금씩 노력하고 있는 중이다.

# 다가올 새해를 기다리면서 드는 생각

언제나 새해를 앞두고는 가슴이 벅차오르는 느낌과 막중한 부담감이 동시에 떠오른다. 분명 이번 한 해는 나에게 큰 의미있는 시간이 될 것이고 또 성장하는 시기가 될 것이라고 스스로 격려도 하고 아주 의미있게 잘 보내야 한다고 다짐도 한다.

그러나 막상 새해가 시작되면 매일매일의 나날들이 어떻게 지나가는지 모를 정도로 정신이 없다. 그냥 늘 해왔던 것처럼 순간을 즐기며 스트레스로 여기지 않고 의연히 대처하는 것이 최선인 것 같다.

올해 썼던 일기를 다시 한 번 둘러봐야겠다. 연초에 했던 나의 각오와 다짐들이 일 년 동안 잘 지켜졌는지 한번 살펴봐야겠다. 또한 '오늘 이 순간까지 노력하며 잘 살아왔어.', '내년도 나에게 의미 있고 행복한 시간들이 될 거야.'라고 스스로 응원해 본다.

# 참 공부, 찐 공부

나이가 들수록 제대로 공부하는 것이 어렵게 느껴진다. 옛말에 "하나만 알고 둘은 모른다."는 속담이 있는 것처럼, 내가 알고 있던 사실들이 시간이 가면서 더 이상 사실이 아니거나 부분적인 의미에서만 맞는 그런 것들이 조금씩 보이기 시작했다.

또한 갈수록 세상과 인생에 대해 공부하는 것이 재미있긴 하지만, 이런 것들을 제대로 공부하려면 경제·시간적 여유도 있어야 하고 좋은 스승도 만나야 하고 현실적인 제약과 어려움이 많다는 것을 느낀다. 무엇보다 빨리 정답을 찾아내려고 하는, 어릴 때부터 들은 습관부터 먼저 바꿔야 할 것 같다.

'진짜 공부'는 나이 오십은 돼야 한다고 하는데, 나는 아직 먼 것 같다. 그러나 어릴 적 막무가내로 외우던 그런 지식들보다는 인생에 대한 찐한 공부를 통해 참 지혜를 얻고 싶다.

# 인생은 코스워크가 아닐까?

인생을 살면서 내가 무언가를 선택하고 주도적으로 이끌어가는 것 같지만, 어떨 때 보면 짜인 판에서 주어진 역할을 수행하는 듯한 느낌이 든다. 지나치게 삶을 수동적이거나 염세적인 관점으로 본다고 생각할 수도 있지만, 큰 길은 어느 정도 정해져 있고 그 속에서 나만의 방식으로 조금씩 노력해 찾아가는 것이 맞는 것 같다.

존경하는 한 박사님께서도 "살아보니 인생이 일종의 코스워크 같다."면서 "너무 아등바등하거나 일희일비할 필요가 없다."고 말씀하셨다. 처음에는 잘 이해가 되지 않았지만, 그분의 연륜과 지혜가 조금씩 이해가 되는 것 같았다. 그래서 앞으로 너무 순간의 상황과 감정에 집착하거나 연연하지 않으려고 노력하려 한다. 집착과 욕심, 아집은 나를 병들게 하고 주위까지 힘들게 한다.

대학에 가면 전공과 교양 과목을 골고루 들어야 하는데, 꼭 1등을 해야겠다는 생각보다 필요하거나 거쳐야 하는 과목들을 재미있게 듣는 게 더 좋을 것이다. 대학 졸업 시 찍히는 평균 학점이 취업에 많은 영향을 끼쳐 중요하기는 하지만, 인생이라는 장기적인 관점에서 바라보면 과정 자체를 충분히 즐기며 이런저런 배움을 통해 삶을 채워간다고 보는 게 오히려 도움이 될 수 있다.

# 과연 신이란 존재하는 걸까?

　최근 코로나로 유명해진 종교가 있다. 신천지. 나는 원래 이름만 들어봤을 뿐, 이 종교 집단이 내세우는 교리가 뭔지, 이단인지 아닌지 여부 등에 대해 아는 바가 거의 없었다. '신천지'란 말은 얼핏 생각하면 '유토피아'와 같이 '세상에 존재하지 않는 새로운 천국' 같기도 하고, '신들이 온 천지에 널려있다.'는 뜻 같기도 했다. 그러다 최근 일련의 사태로 그간 왜 그렇게 교회에서 이단으로 보는지, 또 얼마나 은밀히 활동하기에 바이러스를 막 옮기는데도 쉬쉬하는지 그 베일에 대해 조금 이해가 갔다.

　원래 '종교(宗敎)'라는 말은 인간의 근원과 삶의 목적을 다루는 것으로, 인간이 세상을 바라보는 가치관과 인식체계와 직결되어 있다. 요즘은 우주를 만든 조물주(造物主)와 그를 깨달은 성인을 믿고 나아가 구원과 래생(來生)을 바라보는 시각과 신념으로 굳어졌는데, 개신교, 천주교, 불교, 이슬람교 등이 가장 많은 신도가 있는 종교세계의 주류로 자리 잡았다.

　한편, 우리나라에는 이들 외에도 전 세계에서 가장 많은 종교와 신앙이 전래되어 왔다. 그리고 복잡다단하고 하루하루 살아가기 바쁜 시대라 그런지 무신론자들도 의외로 아주 많다. 뿌리는 하나였을 텐데 종교 간의 다툼과 배척이 영향을 미치지 않았을까 생각된다.

그렇다면 과연 '종교란 도대체 무엇일까? 신이라는 완전하고 절대적인 존재가 있는 걸까? 인간이 살아가는 데 꼭 필요한 것인가?'라는 의문이 들었다.

나는 종교를 "신은 내게 삶을 선물했다. 모든 것을 누릴 수 있도록"이란 시구처럼 여기고 싶다. 태초에 세상을 만든 절대적인 존재가 있을 것이고, 지금도 그는 내가 포함된 이 세상을 조율 중이고, 그 작업은 앞으로도 계속될 것이다. 내가 그 섭리를 믿지 못하고 이유에 대해 이해하지 못한다면, 신이 주신 선물을 만끽하지 못하고 세상을 외로이 살아가고 있는 것이다. 신은 인간에게 아름다운 세상과 무엇이든 할 수 있는 모든 권능을 부여하셨다. 나의 본질을 이해하려는 마음, 어려울 때 누군가에 바라는 것처럼 좋을 때도 어딘가에 감사할 줄 아는 마음, 의지를 갖고 노력하면 언젠가 이룰 수 있다는 마음, 나만큼 다른 사람도 포용할 줄 아는 마음. 자신의 종교와 상관없이 이런 삶의 태도들을 갖고 살아가고 싶은 것이 바로 나의 종교관이자 인생 비전이다.

# 채움과 비움, 인간의 영적 성장

무엇을 채우고 무엇을 비워야 하는가?

인생은 늘 무언가를 채우는 것이라고만 생각했는데, 내 몸과 마음을 잊고 비울 때면 무언가 내 안으로 들어오는 것을 느낀다. 대우주의 기운 같은 그 무언가 말이다.

물론 착각일 수도 있고, 그것을 안다고 하더라도 속세 속에서 나라는 존재와 욕심을 온전히 비워내는 것이 불가능할 지도 모른다.

그러나 이제는 남들이 나를 바라보는 눈빛, 기대, 인식들을 서서히 내 어깨에서 내려놓고 싶다. 그것이 정말 어렵다는 것을 알지만, 앞으로는 그렇게 살아가고 싶다. 솔직한 나의 본 모습을 찾고 회복하는 것이 앞으로 나의 큰 과제란 생각이 든다.

사람은 즐거움으로 시작해서 대인관계와 직업적 능력을 통해 성장해 나가며, 천명(天命)을 알고 다하는 것으로 끝이 난다.

그뿐이다.

# 지금 나의 계절은?

일기를 쓰고 있는 지금, 나의 계절이 어디에 와 있는지 정확히는 알 수 없다. 그러나 차가운 겨울의 한복판에 있지 않다는 것만은 확실하다. 그리고 겨울이 지나고 다시 겨울을 맞더라도 예전처럼 추위에 사시나무 떨 듯하지 않으리라.

인생사 새옹지마(塞翁之馬)라 하여 지금의 좋은 일이 다시 부정적인 결과를 초래하기도 하고, 그것이 다시 또 전화위복(轉禍爲福)이 되어 인생의 꽃을 피우는 데 밑거름도 될 수 있으리라.

그저 난 묵묵히 내 길을 갈 뿐이고, 그 길에 나와 함께 하는 사람과 나를 응원하는 사람이 같이 있기를 바랄 뿐이다. 나는 일찍 돌아가신 아버지와의 추억이 별로 없는 것을 많이 아쉬워했지만, 대신 아직 건강하신, 고향에 계신 어머니와 가끔 식사하고 영화보고 여행갈 수 있다는 사실에 행복하다.

인생은 그런 것 같다. 행복과 성공이란 정답을 따로 찾으려고만 할 것이 아니라, 지금 나에게 주어진 길을 따라가면 될 것 같다. 주변의 사람과 같이 가되, 나는 그냥 나로서 오롯이 내 길을 가고 싶다. 까만 밤 예쁘장한 초승달의 모습과 총총 빛나는 별빛이 언제나 나와 함께 하는 것 같다.

# 에필로그

## 자아 성찰의 거울로,
## 자기반성의 본보기로 삼고 싶다

7년쯤 전에 학교와 교육 문제를 주제로 처음 책을 썼었다. 내가 처음 글을 쓰고 책을 내기로 마음을 먹었던 것은 내가 갖고 있는 생각을 사람들과 공유하고 싶어서였다. 그리고 여러 가지 복잡한 문제가 드러난 현대 사회에서 교육만큼 중요한 것은 없다고 생각해서였다. 물론 기대보다 많은 사람이 책을 보지 않아 조금 속상하고 실망했지만, 내 인생에 좋은 경험과 밑거름이 되었다. 7년 정도의 시간이 흘러 다시 펜을 잡은 것도 사실 세상 사람들과 다시 소통하고 싶어서였다. 최근 몇 년간 생활하면서 느낀 편린들을 일기로 써 놓았다가 그것을 토대로 수필집을 쓰고 발간을 결심했다.

물론 이곳에 평소 느꼈던 많은 것들을 써놓긴 했지만, 그렇다고 해서 내가 세상 진리를 다 통달하고 깨우쳐서 쓴 것은 아니다. 순간순간 떠오른 소회와 영감 같은 것들을 적어놨다가 모아놓은 것에 불과하며, 항상 잘 잊고 눈앞의 현실만 바라보는 내 자신과 주변사람 모두에게 해주고 싶었던 얘기들일 뿐이다. 내가 세상과 공유하고 싶은 말들이기도 하지만, 반면교사(反面教師)로 삼아 나 자신에게 가장 하고 싶은 이야기들이다. 남들에게서 본 모습을 통해 나 자신에게 비추어보고 싶고, 자아 성찰의 거울로 자기반성의 본보기로 삼고 싶다. 타산지석(他山之石)이나 반면교사라는 훌륭한 사자성어처럼 말이다.

어찌됐든 많은 우여곡절 끝에 무사히 원고를 탈고할 수 있어서 기쁘기 그지없다. 책의 완성도나 책이 홍보되는 정도와 무관하게 세상에 하고 싶은 말들을 거의 다 한 것 같아 후련하다.

끝으로 이 책을 쓰도록 이해해 준 가족과 마음의 응원을 해 준 동료·지인 분들께 심심한 감사의 말씀을 올린다. 일기와 책을 쓰는 데 많은 소재와 영감을 준 '따뜻한 편지'와 '사색의 향기'에도 고마운 마음을 전하고 싶다. 또 책을 내도록 성심성의껏 도와주신 출판사 관계자 분들께도 감사드린다. 무엇보다 나에게 시련과 운명, 살아감의 즐거움을 알게 하고, 나만의 길로 안내한 조울증과 명리학, 국선도와 《그리스도의 편지》에 대해 무한한 감사함을 느

낀다. 그리고 마지막까지 책을 읽어주신 독자 여러분, 정말 고맙습니다.^^